TIREZ SUR L'AMBULANCE!

Une collection dirigée par Mikaël Ollivier

Une première version de la nouvelle « Fins limiers »
a été publiée en 2006 sous le titre « Dol à Mérindol »
dans le recueil collectif *Le Noir dans la truffe*
aux éditions Autres Temps.

ISBN 978-2-84420-610-7

CONCEPTION GRAPHIQUE :
couverture Marion Bataille
intérieur Bärbel Müllbacher

NOUVELLES

TIREZ SUR L'AMBULANCE !

COLIN THIBERT

EDITIONS THIERRY MAGNIER

Sommaire

Marie à tout prix

Journal MP3 de Clarisse

Jeudi 7 août

Saletés de chaises longues ! Elles ont l'air inoffensives comme ça, mais dès qu'on essaie d'en déplier une, elle vous pince sournoisement. Ou alors, elle attend qu'on soit bien installé pour s'effondrer sans prévenir. Si possible quand il y a du monde autour pour rigoler.

Ce matin, j'ai quand même réussi à en ouvrir une sans m'estropier, en la prenant par surprise. Je me suis posée au bord de la piscine avec mon maillot de bain préféré, le deux-pièces rose. J'avais Britney à fond dans les écouteurs, une canette de Coca light pour la soif, mon portable pour les copines, et le dernier numéro de *Hola !* pour rester informée.

Les vieux sont partis faire du bateau avec d'autres vieux de leur âge, et ils ont eu l'excellente d'idée d'emmener ce con d'Arthur, dit l'avorton, dit le nain ! Arthur : le petit frère que je ne souhaite à personne !

Avec une ou deux bonnes copines, ce serait vraiment cool, ici. Mais bon, on ne peut pas tout avoir. Le secret pour tenir le coup quand on est obligé de passer les vacances en famille, c'est d'avoir un super stock de bonne musique et de tenir un journal intime. Merci le MP3 !

J'étais en train de me tartiner de crème solaire haute protection quand il s'est produit un truc bizarre : l'eau de la piscine s'est ridée comme sous l'effet d'un coup de vent, sauf que du vent, il n'y en avait pas. J'ai vérifié : les arbres autour, ils ne remuaient pas d'une feuille.

Ensuite, j'ai remarqué une forme translucide, un peu comme une méduse, qui flottait en l'air, un mètre au-dessus de la surface de l'eau. Petit à petit la chose a pris une couleur laiteuse et la forme s'est précisée : on aurait dit une longue chemise.

Il y a une pub pour une lessive qui ressemble un peu à ça. Papa la trouve nulle. Évidemment, c'est une agence concurrente ! Son agence à lui a réalisé le spot avec le capitaine de l'équipe de foot qui refuse d'échanger son maillot avec son adversaire à la fin du match parce que les couleurs sont passées. La femme de l'autre capitaine, elle emploie pas la poudre qu'il faut, la conne !

Ceci dit, il a conçu des pubs vraiment géniales, papa. Les pâtes Bergolino *: « Oh, oh, ho ! Des Bergolino ! »* Ça me fait marrer à chaque fois. Ma préférée, c'est le mini-tampon Freelady : *« Tout rond, tout coton, c'est le plus mignon des tampons ! »* Les filles de ma classe, elles répètent ça tout le temps.

Cette espèce de chemise qui flottait en l'air, j'ai commencé à lui trouver du volume, comme si elle habillait une forme humaine. Très vague, la forme. Ça m'a fait penser à la robe hyper tarte que portait ma cousine Christine au mariage de son frère. Moins les rubans.

Mes cousines et mes cousins du côté de papa, il n'y a pas plus débiles : à vingt ans et des poussières, ils sont déjà mariés, ils paient des traites sur leurs moches pavillons, ils comptent leurs points de retraite, et ils pondent des chiards tous les deux ans.

Moi, avec Arthur, j'ai vu ce que ça donnait, côté couches sales et nuits sans sommeil, les mômes. C'est décidé, j'en aurai pas.

J'ai fini par me lever pour examiner ce qui flottait en l'air et là, le choc ! J'ai commencé à distinguer un visage de femme, des pieds et des mains !

À ma place, j'en connais plus d'une qui aurait hurlé, ou qui se serait précipitée dans sa chambre pour se cacher sous la couette en se fourrant des Freelady dans les oreilles. Mes débiles de cousines par exemple. Pas mon genre. Je suis restée de glace. Le seul réflexe que j'ai pas eu, c'est de prendre des photos alors que j'avais le portable à portée de main. Dommage.

L'image s'est effacée doucement. Je me suis frotté les yeux : plus rien.

J'ai piqué une tête dans l'eau : elle était froide.

J'ai dû faire un rêve éveillé, quelque chose dans le genre.

Vendredi 8 août

La journée a mal commencé. Vraiment très mal. Et tout ça pour quoi ? Parce que j'ai refusé de les accompagner au supermarché. On croit rêver !

Les courses à Paris c'est déjà galère, ici c'est carrément l'horreur ! On s'accroche les Caddie tellement c'est petit, ça sent les pieds et le melon, et les caissières sont toutes attardées mentales, on poireaute des heures. Je ne vois pas ce que j'aurais été faire dans cet enfer. On n'a qu'une vie, merde !

Du coup maman a commencé à dire que j'en prenais un peu trop à mon aise depuis le début de ces vacances. Papa, qui a horreur des conflits, a grommelé que ce n'était pas bien grave. Réponse de maman : « Oh, toi, évidemment, tu es toujours prêt à t'aplatir devant ta fille ! » Ça lui a pas plu à papa, et je le comprends. Ils ont commencé à s'engueuler sévère. Le nain a été se fourrer dans leurs pattes au moment où ça chauffait le plus, total, c'est lui qui a morflé ! Bien fait !

Ceci dit, question parents, j'aurais pu tomber plus mal. D'abord ils sont friqués. On a beau dire, c'est quand même le principal. Le bonheur dans des cartons graisseux sur un coin de trottoir, moi, j'y crois très moyennement.

Comme tous les parents, ils sont affligés de manies gonflantes, genre me répéter à chaque repas de ne pas me tenir « comme un veau » (comme un veau ! on se demande où ils vont pêcher leurs expressions) ou que, « de leur temps », il fallait savoir compter de tête parce que des calculettes il n'y en avait qu'à la NASA et elles occupaient des pièces entières. Aujourd'hui, si on leur enlevait leurs portables, ce serait comme arracher les ailes à une mouche ou les antennes à une langouste : ils survivraient pas. Ils sont tellement accros qu'ils se téléphonent d'une pièce à l'autre de la maison ! Faut dire, maman est productrice de variétés à la télé. Ça explique pas mal de choses.

À Paris, ils font que râler que c'est l'horreur, le boulot, qu'il leur faudrait une thalasso ou des vacances pour décompresser. Mais depuis qu'on est ici, ils font que parler du boulot qu'ils se sont coltiné pendant l'année et de celui qui les attend à la rentrée.

Moi en tout cas c'est décidé, plus tard, je bosse pas.

Ils sont revenus du supermarché avec des tonnes de bouffe que j'ai aidé à trimballer de la voiture au congélateur histoire de faire oublier le petit accrochage du matin. Après déjeuner, j'ai même poussé la gentillesse jusqu'à disputer une partie de petits chevaux avec l'avorton, pendant que les vieux faisaient la sieste (le supermarché les avait *é-pui-sés*, paraît-il !).

Ce con d'Arthur a renversé la moitié de sa crème glacée sur mon short bleu. Soi-disant sans le faire exprès.

J'ai fait tomber son *Picsou Géant* dans la piscine. Sans le faire exprès non plus.

La nana virtuelle n'est pas réapparue. J'ai vraiment dû rêver.

Samedi 9 août

Je sais plus quoi penser.

On a passé la journée en famille, au bord de la piscine. En fin d'après-midi, maman et papa sont partis faire un tour à pied en emmenant le nain et son bocal.

Le bocal, j'explique, parce que dans quelques années, c'est le genre de phrase que je ne comprendrai plus quand je réécouterai ce journal.

Arthur attrape tout ce qui saute, tout ce qui rampe, tout ce qui grouille. Il fourre les malheureuses bestioles dans un ancien bocal à cornichons où elles crèvent dans d'atroces souffrances. Et je parle même pas de l'odeur ! Arthur est persuadé d'avoir une fabuleuse collection d'insectes !

Je venais de piquer une tête et je m'apprêtais à me faire dorer sur les deux faces quand ça a recommencé : le petit coup de vent sans vent et l'apparition progressive de la nana en robe de mariée. Pas croyable ! Elle flottait comme un ballon au-dessus de la piscine. Je me suis pincée comme il convient pour voir si je ne rêvais pas. Je ne rêvais pas. Ou alors je rêvais que je me pinçais pour être sûre que je ne rêvais pas ! Mais non, quand même, c'était bien réel ! J'ai encore la marque !

Cette fois, je l'ai observée attentivement : vraiment nulle la robe ! Genre mousseline avec de la dentelle en bas et la taille vachement haute, pratiquement sous les seins, d'ailleurs elle en a pas des masses, moi, à sa place, je ferais des complexes. En plus elle porte un voile retenu par une espèce de serre-tête, ça fait bonne sœur c'est pas permis !

Sinon, elle est plutôt pas mal, dans le style première de classe. Elle perdrait rien à s'épiler les sourcils. Elle a pas très bonne mine. Carrément blafarde en fait.

Cette fois, elle a bien duré cinq minutes avant évaporation.

Je comprends toujours pas ce que c'est mais si j'en parle à papa, j'ai peur qu'il se foute de moi.

On verra demain, j'ai sommeil.

Dimanche 10 août

Réveillée à sept heures du matin par ce con d'Arthur qui gueulait « pin-pon » dans le couloir en poussant ses petites voitures ! Sept heures ! Je l'aurais étripé ! Mais pas moyen de lui en coller une sinon il va cafter à maman et ça fait des drames.

Pourquoi les parents l'ont fait, Arthur, c'est un mystère. Et une énorme erreur. On était bien tous les trois avant son arrivée. On faisait plein de trucs ensemble : sorties sympas, cinoche, petites bouffes chez les copains, vacances dans des hôtels-clubs. La vie, quoi… C'était un peu comme un couple, mais à trois.

Quand j'ai eu dix ans, voilà maman qui se met à avoir des nausées, toutes sortes d'écoulements, les jambes lourdes et Dieu sait quoi encore. Surtout, elle se met à en parler à tout le monde, ce qui n'est pas son genre. Et tout le monde l'admire : comme elle est courageuse d'en avoir un second, à son âge, avec tout son travail, son mari, et l'aînée qu'est pas un cadeau ! Celle qui a dit ça, je sais très bien qui c'est. Un jour, elle me le paiera !

Maman a fait une amniocentèse parce que quand même, un bébé passé la quarantaine, c'est limite. À mon avis ils se sont gourés : Arthur est franchement triso ! Toujours sale comme un peigne, l'air ahuri et la main sur le zizi. En tout cas jamais loin.

Je crois que c'est pour ça que les filles sont plus intelligentes que les garçons : on ne passe pas notre temps à se tripoter le bigoudi, nous ! J'ai surpris Arthur en train de se l'étirer, façon élastique, ou de l'agiter comme une salière. Il lui a même donné un nom à son truc minable : Bubu. Pourquoi Bubu, je sais pas. Des fois, il lui parle : « Viens Bubu, on va pisser ! » Affligeant.

Réveillée de chez réveillé, j'ai piqué vingt euros dans le sac de maman et je suis allée acheter des croissants à la boulangerie. Mon intention, c'était de leur faire une surprise en mettant la table du p'tit déj' et en préparant le café.

Mais quand je suis revenue, elle flottait au-dessus de la piscine !

Il s'est alors produit un truc assez dément : la nana a tourné la tête vers moi et elle m'a souri ! Les autres fois, son visage était lisse et sans expression, comme un mannequin dans une vitrine. Mais là, elle m'a adressé un sourire doux et triste. Le genre de sourire qu'on voit aux singes et aux lions dans les cages du zoo, et qui vous fait vous demander de quoi vous êtes coupable…

Après, elle s'est dissoute.

Si c'était un hologramme, elle pourrait pas sourire, non ? Ou alors c'est qu'ils ont fait vachement de progrès. Et d'ailleurs, pourquoi un hologramme au-dessus de notre piscine ?

Je commence à me demander si je suis tout à fait normale. J'ai peut-être des hallus ou quelque chose comme ça ? Il paraît qu'il y en a qui dérapent complètement à la puberté…

Cette histoire m'a tellement perturbée que j'ai oublié de mettre le couvert du p'tit déj' et de rendre la monnaie des vingt euros à maman.

Lundi 11 août

J'ose plus aller au bord de la piscine. C'est dommage parce qu'il fait un temps idéal. Papa est venu me demander trois fois pourquoi je restais « enfermée » dans ma chambre. Je suis pas « enfermée », je suis dedans. La troisième fois, je lui ai dit que j'avais mal au bide à cause de mes règles. Les hommes, ça les calme direct. « Excuse-moi ! » il a bredouillé. Au moins que ça serve à quelque chose, les règles.

Ce que j'avais pas prévu, c'est qu'il irait le dire à maman. Deux minutes plus tard elle est entrée dans ma chambre, l'air inquiet : « Je croyais que tu les avais eues la semaine dernière ? Qu'est-ce qu'il se passe ? » J'ai dû avouer que j'avais dit ça à papa pour qu'il me lâche la grappe, sinon elle me traînait aussi sec chez le gynéco !

Maman m'a regardée et elle a dit : « Qu'est-ce qu'il a, mon gentil canard ? »

Elle ne m'avait pas appelée son gentil canard depuis longtemps. Ça m'a touchée. J'ai expliqué que j'avais un petit coup de blues, que ça passerait. Maman s'est assise sur le bord de mon lit, elle m'a caressé la nuque comme elle faisait quand j'étais toute petite. Ce truc-là me fait fondre à chaque coup. J'étais à deux doigts de lui demander son avis à propos de la bonne femme au-dessus de la piscine quand elle a proposé : « Tu veux qu'on aille faire des courses toutes les deux ? »

Elle m'a acheté ce débardeur noir que j'avais repéré depuis le début des vacances dans la vitrine de Manga-Look. Plus un soutien-gorge mignon comme tout.

Mardi 12 août

En me réveillant ce matin, la première chose que j'ai faite est d'aller regarder dehors : rien ! J'ai pris le p'tit déj' à l'intérieur en me forçant à tourner le dos à la piscine. Quand j'ai eu fini, je me suis retournée : toujours rien !

J'ai fait durer ma douche et j'ai longuement hésité entre le maillot vert une pièce et le jaune avec les petits nœuds sur le côté. Il n'y avait toujours rien au-dessus de la piscine. J'ai fini par m'installer avec ma musique et le numéro de *Hola!* que je n'avais toujours pas fini de lire.

Mais j'étais pas tranquille. Toutes les deux minutes je relevais les yeux, je m'attendais à la voir flotter au-dessus des eaux.

Il ne s'est rien passé. J'aime mieux ça.

Je deviens gentiment barge, moi, avec cette histoire.

Mercredi 13 août

La matinée a commencé normalement. Les vieux sont partis voir un architecte. Ils veulent faire encore je ne sais quelles transformations dans la maison, et ils m'ont laissé le nain à surveiller.

De temps en temps, je levais le nez de mon magazine pour le regarder pousser ses petites autos sur le carrelage autour de la piscine. Il ne faisait plus « pin-pon » mais « vroum, vroum » et « tut, tut ». C'est impressionnant de voir évoluer un enfant.

La passion des bagnoles, ça commence jeune chez le mâle. Papa est capable de parler pendant des heures des voitures qu'il a eues et de celles qu'il aurait aimé avoir. Avec un luxe de détails incroyable. Un jour je lui ai demandé de me parler des femmes qu'il avait eues avant maman ou de celles qu'il aurait aimé avoir. Malaise. Il a prétendu ne se rappeler d'aucune. Le plus grave, c'est que ça doit être vrai…

Les vieux sont rentrés vers midi. Je suis allée pisser : la nana virtuelle flottait devant la fenêtre des chiottes !

J'ai crié sans réfléchir :

– Venez voir, venez voir ! Il se passe un truc dément !

Arthur est arrivé le premier, évidemment. À cet âge-là, c'est d'une curiosité maladive, toujours l'œil collé au trou des serrures et les oreilles qui traînent.

– Ben quoi, il a fait. Qu'est-ce qu'il y a ?

– Regarde par la fenêtre, j'ai dit.

Il a regardé, il a froncé les sourcils, il a reniflé, il s'est tourné vers moi et il a dit en haussant les épaules :

– Elle est con ta blague. Y a rien à voir.

Je l'ai attrapé par les cheveux et lui ai écrasé le nez contre la vitre.

– T'as de la merde dans les yeux ou quoi ?!

Au lieu de regarder, Arthur s'est mis à hurler comme un pécari. Le résultat ne s'est pas fait attendre : les vieux ont déboulé pratiquement en même temps.

– Laisse Arthur tranquille ! Qu'est-ce que tu lui as encore fait ?!

Etc.

Le nain s'est précipité dans les bras de maman en laissant une traînée de morve sur la vitre et une touffe de cheveux entre mes mains. J'y suis peut-être allée un peu fort.

– Quand cesseras-tu de torturer ton frère ! a hurlé papa.

– Je le torturais pas ! Je voulais juste qu'il regarde par la fenêtre !

– Qu'il regarde quoi ? a demandé maman.

Son ton était dangereusement neutre. Par acquit de conscience, j'ai vérifié que la nana flottait toujours au même endroit. Elle y était, son sourire triste aux lèvres.

– La nana dans le ciel ! C'est quoi d'après vous ? Un hologramme ?

Un long silence a suivi tandis que papa et maman écarquillaient les yeux dans la direction que je leur indiquais. Ils ont échangé un regard bref avant de se tourner vers moi avec un bel ensemble. J'aimais pas du tout leur expression…

– Clarisse ? Je crois que nous avons à parler, a dit papa.

J'ai commencé à me sentir pas bien du tout. Les jambes en coton, une vague envie de gerber et une boule dans la gorge. Si je suis vraiment la seule à voir ça, il faut peut-être que je m'affole…

– Vous la voyez ? j'ai demandé. Hein ? Vous la voyez comme moi !

Papa s'est contenté de me répondre d'un ton froid :

– Viens avec moi !

Je lui ai emboîté le pas après un dernier regard à la nana : elle flottait toujours. Il m'a semblé qu'elle me clignait de l'œil, mais je suis pas sûre.

Papa a soigneusement refermé derrière lui la porte de son bureau. Les persiennes étaient tirées pour préserver la fraîcheur. Des micro-particules de poussière et des acariens dansaient dans les rais de lumière. Un truc que je pourrais regarder pendant des heures.

– Assieds-toi. Je t'écoute…

Je lui aurais fauché sa carte de crédit qu'il n'aurait pas eu l'air plus constipé.

– Cool, j'ai dit. Personne est mort !

Ça ne lui a pas plu :

– Clarisse, fais bien attention ! Nous avons toujours été très permissifs avec toi, mais ça pourrait changer ! Alors maintenant j'exige une réponse : qu'est-ce que tu as pris ?!

Je voyais pas du tout ce qu'il voulait dire.

Il a passé la vitesse supérieure. Ton hyper dramatique :

– Tu bois ? Tu fumes ? Tu sniffes ? Tu te piques ?!

J'ai éclaté de rire.

– Ça va pas, non ?!

Du coup, ça l'a calmé. Il s'est levé et il a marché lentement jusqu'à la fenêtre en me tournant le dos. Il a tripoté un instant le crochet d'une des persiennes, puis il s'est retourné vers moi. Son visage n'exprimait plus la colère, mais une sorte de bonté sirupeuse, parfaitement écœurante. Il manquait plus que les violons. Si un jour il abandonne la pub, il pourra toujours jouer dans les feuilletons télé.

– Clarisse, il a repris, la voix dans les chaussettes. Moi aussi j'ai tâté de certaines substances quand j'avais ton âge… Enfin, un peu plus vieux quand même… Je sais ce que c'est… Je voudrais simplement te mettre en garde…

– J'ai vu une nana en robe de mariée qui flottait dans le ciel ! Vous, vous êtes pas arrivés à la voir… Bon ! De là à en déduire que je me défonce au crack, il y a des limites !

Papa m'a regardée : son expression de vieux con a fait place à quelque chose de plus sincère.

– D'accord, d'accord. Franchement j'aime mieux ça. Mais c'est quoi cette histoire de nana en robe de mariée ?

– J'en sais rien ! Ça fait plusieurs fois que je crois la voir… Elle se met à flotter au-dessus de la piscine, ça dure quatre, cinq minutes et puis elle s'efface…

– Elle s'efface ?

– Elle se dissout, si tu préfères…

Papa s'est frotté l'arête du nez, signe de perplexité aiguë.

– Tu crois que je suis en train de péter les plombs ? je lui ai demandé.

– Bien sûr que non, il a dit. C'est fréquent ce genre de choses. C'est un phénomène… euh, comment dire… de l'ordre du mirage si tu veux… Ça doit être la chaleur qui provoque ça. Oui, c'est certainement la chaleur…

Je le sentais pas convaincu à cent pour cent. C'est alors qu'il ma posé la question de confiance :

– Clarisse ? Tu es sûre que tes lunettes de soleil sont bien adaptées à ta vue ?

J'ai une nouvelle paire de lunettes noires absolument canon ! Maman était tellement soulagée que je ne sois pas droguée qu'elle m'a laissée prendre les plus chères.

Après, on est allées se goinfrer des glaces en copines aux Platanes, le café sur la place. Uniquement des mecs pour le service en terrasse. Et pas des thons, c'est moi qui vous le dis ! Maman fait semblant de rien, évidemment, mais je suis sûre que c'est pour ça qu'elle va aux Platanes parce que, franchement, les glaces ont rien d'exceptionnel. À part le prix.

Bien à l'abri derrière mes nouvelles lunettes super-hyper filtrantes anti-UV, je détaillais le petit serveur avec la queue de cheval et le diamant à l'oreille quand elle s'est repointée !

Enfin, pointée n'est peut-être pas le mot qui convient. « Matérialisée » serait plus juste. Elle s'est mise à flotter au-dessus de la place avec sa robe tartignole et son petit air de pas y toucher. J'ai regardé maman à la dérobée : elle contemplait placidement la circulation et les joueurs de pétanque. À la terrasse du café, dans la rue, personne n'avait l'air d'avoir remarqué quoi que ce soit. D'habitude, il suffit qu'un gamin lâche son ballon ou qu'une mouette pète un peu fort pour que tout le monde lève la tête.

J'ai commencé à trouver ça franchement flippant.

– On y va ? a proposé maman.

Elle avait pas fini sa phrase que j'étais déjà debout. En regagnant le parking, je me retournais sans arrêt. Maman m'a demandé si j'avais peur d'être suivie. J'ai ricané, mais il y avait de ça. La nana était toujours au même endroit au-dessus de la place : elle avait pivoté pour me suivre des yeux. Stressant !

Il est deux heures du matin. Tout le monde dort et j'essaie d'analyser calmement la situation : apparemment, je suis la seule à voir un phénomène que les autres ne soupçonnent même pas. Pourquoi ? Mystère. Pourquoi moi ? Encore mystère. À quoi ça rime ? Mystère toujours.

Est-ce que j'aurais une maladie des yeux ? une tumeur au cerveau ? Est-ce que c'est à cause des gambas qu'on a mangées l'autre jour ? Il y en a une qui avait un drôle de goût mais j'ai rien dit, je l'ai avalée quand même. Est-ce que je vais bientôt entendre des voix ? Je devrais peut-être aller voir un médecin ? Mais ceux d'ici m'inspirent pas confiance. Ça va peut-être s'arrêter quand on sera de retour à Paris ?

Je suis en plein désarroi et je tombe de sommeil.

Jeudi 14 août

Il y a eu un terrible orage cette nuit. La foudre a dû tomber pas loin de la maison et Arthur s'est mis à hurler : « Maman j'ai peur ! » J'ai fait celle qui n'entendait rien. Je ne suis pas sa mère.

Quand on s'est levés, le ciel était d'un gris uniforme et il tombait une petite pluie fine. Un temps à rester couché.

– C'est pas bien méchant, a déclaré papa. On va en profiter pour faire une balade.

Je pensais qu'il parlait d'une balade en bagnole avec arrêt déjeuner dans un restau un peu classe et j'ai bêtement dit oui. Au lieu de quoi il a fallu mettre les grosses godasses, les cirés, et *marcher* des heures à travers la garrigue !

Mes vieux, ils sont vraiment masos !

Du coup, *elle* ne s'est pas manifestée. *Elle* non plus ne doit pas aimer la marche ! Ni la pluie.

Vendredi 15 août

Le beau temps est revenu et avec lui l'envie d'aller à la plage. On s'est entassés dans la voiture avec palmes, tubas, serviettes, crème solaire, parasols, bouquins, glacière, et le filet à crevettes du nain qui n'a toujours pas compris qu'il n'y avait pas de crevettes en Méditerranée. En tout cas pas là où on est.

J'ai toujours pensé que papa avait acheté un 4 x 4 pour frimer et pousser les autres bagnoles avec ses gros pare-chocs quand il manquait d'espace pour se garer. Faux ! Grâce au 4 x 4, on a réussi à emprunter une sorte d'*arroyo* qui débouchait dans une crique isolée où l'on aurait pu arriver à pied par la grève en moins d'une demi-heure. Les ajoncs fouettaient la carrosserie, la bagnole tanguait bateau ivre, les amortisseurs criaient « pitié », ça empestait le diesel, maman était blême et Arthur se fendait la pipe. Là où papa est passé avec ses gros pneus, plus rien ne poussera pendant les dix prochaines années. Mes parents sont dépourvus de toute conscience écologique. J'ai honte.

On a déplié les serviettes, planté le parasol, chaussé les palmes et profité de la journée.

Jusqu'à ce qu'*elle* se pointe…

Je ne l'ai pas vue tout de suite parce qu'elle a choisi d'apparaître entre le soleil et moi. Égale à elle-même, habillée comme les autres jours. Quand elle a dit avec un drôle d'accent : « Ne crains rien ! » j'ai failli avaler ma canette de Coca light.

Enfin, elle ne l'a pas vraiment dit, c'est ça le pire. Je l'ai *entendue* dans ma tête. Un peu comme une pensée, mais plus sonore. C'est difficile à expliquer. En tout cas, ça fait un drôle d'effet. J'ai dû devenir toute blanche parce que maman m'a demandé :

– Ça ne va pas ?

– Si, si, j'ai répondu en évitant de regarder la nana, c'est juste… Je vais m'installer un peu à l'ombre.

Ce que j'ai fait. À l'écart des autres, sous un parasol, je *la* voyais mieux et on me voyait moins.

– Ne crains rien, elle a répété, je suis l'Immaculée Conception…

Ça ne me disait pas grand-chose.

– Vous êtes espagnole ? j'ai demandé dans ma tête.

Un blanc. Elle a repris :

– *Habla español ?*

– Non, non, c'est pas ça ! Je vous demandais juste si vous étiez espagnole… Mes parents ont eu une femme de ménage qui s'appelait Concepción, dans le temps…

Nouveau blanc. Je sais pas laquelle des deux était la plus décontenancée. Elle a repris :

– Aujourd'hui, c'est ma fête…

Dans la famille on ne célèbre pas les fêtes. Les anniversaires c'est tout juste.

– Je suis Marie, a-t-elle repris. La maman de Jésus.

Dans la famille, on n'est pas religieux non plus, mais Jésus, j'en ai entendu parler, comme tout le monde. J'ai dit :

– Écoutez, c'est pas possible que vous soyez sa mère, parce que Jésus est mort il y a plus de deux mille ans ! Et puis faudrait savoir : vous vous appelez Marie ou Concepción ?

Elle a soupiré avant de demander :

– Comment t'appelles-tu ?

– Clarisse.

– Où sont tes moutons, Clarisse ?

– Mes moutons ?

– Tu n'es pas bergère ?

– Ah non ! Désolée. Je redouble une seconde générale au lycée Lamartine.

Ma réponse a paru la troubler. Elle a regardé autour d'elle, l'air hagard.

– Où sommes-nous ?

– Sur la Côte d'Azur… Pas très loin de Saint-Trop'… Je veux dire de Saint-Tropez…

Marie a paru se froisser. Au propre comme au figuré. Elle a murmuré :

– Je ne comprends pas ! J'avais demandé la Macédoine !

Là-dessus, elle s'est évaporée.

On est restés à la plage jusqu'à la tombée de la nuit. C'était paisible et beau. Papa était de bonne humeur, il nous a emmenés dîner dans un super restaurant de l'arrière-pays. En entrée : figues au jambon cru. Ensuite gigot d'agneau confit avec des petites pommes de terre sautées bien craquantes. Chaud-froid aux fruits rouges pour le dessert. On m'a permis de goûter au vin. Un quart de verre.

Je me repasse le film de la journée. Enfin, surtout la séquence avec Concepción. Je ne comprends toujours pas. C'était tellement réel !... Il faudrait peut-être que je voie un psy ? Mais pas le connard pontifiant que maman invite régulièrement sur le plateau de ses émissions ! Un jeune. Qui m'écouterait, qui me comprendrait... S'il avait une queue de cheval et un petit diamant à l'oreille, ce serait encore mieux...

Lundi 18 août

Le mistral s'est mis à souffler. Pas de Marie/Concepción depuis trois jours, mais pas de baignades non plus. Je m'ennuie.

Au JT de 20 heures, une info qui me fait un drôle d'effet : « De jeunes bergers qui gardaient leurs moutons aux environs de la ville de Bitola, en Macédoine, on prétendu que la Vierge Marie leur était apparue. Les autorités religieuses du pays ainsi que le Vatican ont accueilli la nouvelle avec le plus vif scepticisme. »

Défense d'inhumer

Comme tous les voisins de l'immeuble dont on entend brailler les téléviseurs à travers les fenêtres grandes ouvertes, Roland suit le match. Les Italiens mènent, un-zéro. Depuis le début de la partie. Ils pratiquent un jeu précis, inventif et diabolique au point de désorganiser une équipe anglaise pourtant donnée favorite. Roland porte une chemise hawaïenne, un short, et des tongs. La chaleur est accablante et le skaï du canapé lui colle aux cuisses.

Brigitte fait irruption dans la pièce :

– Roland ! Il y a un problème avec Joseph !

Sans détourner les yeux de l'écran, Roland grommelle :

– Qu'est-ce qu'il a encore fait, ce con ?

– Il est mort.

« Hooooooooo… » se désolent longuement les spectateurs du match.

– Hein ?!

– Joseph est mort, Roland.

Hypnotisé par la partie, Roland ne parvient pas à digérer l'information.

– Comment ça ? Qu'est-ce que tu veux dire ?

D'un geste las Brigitte repousse une mèche de cheveux qui s'obstine à lui tomber devant les yeux :

– Il est mort, c'est tout.

– Je ne comprends pas. Ce matin il était en pleine forme…

– Ce matin, c'était ce matin. Maintenant il est mort.

Roland s'accroche à son match comme un naufragé à sa bouée. Les avants anglais débordent la défense italienne. La foule hurle.

– Roland, s'il te plaît ?…

Roland finit par s'arracher du canapé. Avant de quitter la pièce il a le temps d'apercevoir Krasnapovic dégager en touche sur un tir de N'Gomba.

Dans la cuisine, le lave-vaisselle gronde en phase essorage, les obligeant à parler fort :

– Il est dans le placard, dit Brigitte.

– Quoi ?

– Dans le placard.

Joseph est en effet roulé en boule entre un seau de plastique bleu et un baril de lessive. Roland passe lentement les doigts à travers la fourrure tigrée. Avec la chaleur, impossible de dire si le chat est froid ou non :

– Joseph ? appelle-t-il machinalement. Minou, Minou ?...

Roland avait toujours affirmé qu'il ne voulait pas d'animaux à la maison : ça sent mauvais et ça fait des saletés partout. Mais Brigitte, qui avait lu un ou deux bouquins sur la psychologie infantile, lui avait expliqué que la présence d'un animal de compagnie aidait les enfants à se construire. Impressionné, Roland avait dit OK.

Le chat avait été baptisé Joseph en souvenir d'un grand-oncle de Brigitte qui portait la moustache. Le gosse, lui, s'appelait Luc parce que c'est un prénom court, indémodable, et qu'ils n'avaient pas trouvé mieux.

Surmontant sa répulsion, Roland saisit le chat à pleines mains. L'animal est déjà raide.

– Merde !

Dépassé par la situation, il se redresse lentement, cherchant dans le regard de Brigitte un encouragement qu'il n'y trouve pas.

– On a un plastique ?...

Elle farfouille sous l'évier et en sort un sac orange portant la marque du supermarché où elle a coutume de se ravitailler. Roland entreprend d'y fourrer le chat. Le problème, c'est la queue qui s'obstine à rebiquer.

– Qu'est-ce qu'on... Qu'est-ce que tu vas en faire ? demande Brigitte en regardant ses pieds.

– Le mieux, c'est de le descendre aux poubelles... Non ?

Brigitte acquiesce tristement. Plantée au milieu de la cuisine, sous la lumière crue du néon, elle a l'air complètement désemparée.

– Qu'est-ce que je vais raconter à Luc ? murmure-t-elle. Comment je vais lui annoncer ?

D'un geste vague, Roland lui signifie qu'il n'en a pas la moindre idée. Chacun sa merde. Brigitte insiste :

– En plus, c'est son anniversaire demain ! Tu imagines le traumatisme !

En effet, ça tombe mal. Roland est tenté de dire : « C'est vrai ! Joseph aurait pu y penser ! » Il se contente de soupirer. Longuement.

Sur le point d'appeler l'ascenseur, Roland se ravise. Il n'a pas envie de se retrouver coincé dans l'étroite cabine avec son chat crevé si un locataire inquisiteur se pointe. Il pousse la porte qui donne accès à l'escalier, un boyau brut de coffrage, sonore et mal éclairé. Le décor idéal pour une descente aux enfers…

Les poubelles sont rangées dans un local fermé, au fond de la cour. Le règlement de l'immeuble stipule qu'il est interdit de descendre ses ordures après 21 heures. Le délai est largement expiré mais Joseph aussi ; et puis il s'agit d'un cas de force majeure, non ?

Roland jette un regard circonspect autour de lui avant de traverser la cour. Personne aux fenêtres. Une chance que Joseph soit canné un soir de match.

Au moment où il va s'élancer, Roland aperçoit Filou, le berger allemand du gardien portugais, qui prend le frais devant la loge. Roland décide néanmoins de risquer le coup. Abruti par la canicule, le chien le laissera peut-être se débarrasser du chat sans chercher à s'en mêler. Mais à peine a-t-il fait deux pas en direction du local à poubelles que Filou se redresse, l'œil vif et les oreilles droites.

– Gentil ! Filou, gentil !...

Le chien trottine vers Roland. Il a dû flairer le chat qu'il ne pouvait pas sentir de son vivant. Roland bat précipitamment en retraite et parvient de justesse à lui refermer la porte au nez. Filou pousse un gémissement lugubre et se met à gratter le bas du panneau.

Roland pense alors à la corbeille à papiers du trottoir d'en face. Aussi pratique que les poubelles de l'immeuble, l'anonymat en plus. Il sort du bâtiment B, balançant son plastique orange d'un air désinvolte au cas où il croiserait quelqu'un. La rumeur des téléviseurs ne lui apprend pas si les Anglais sont parvenus à égaliser.

Toute la journée, l'asphalte de la chaussée a emmagasiné des calories qu'il restitue sournoisement à la faveur de la nuit. Il fait encore plus chaud dehors qu'à l'intérieur. Avec l'angoisse de voir ses tongs rester collées au trottoir, Roland se dirige vers la corbeille qu'il trouve débordante de canettes de bière, de lambeaux de moquette, de couches-culottes usagées. Les gens jettent vraiment n'importe quoi. Prisonnier d'un emballage de fast-food, un insecte bourdonne furieusement. Impossible de mettre Joseph là-dedans. Même en tassant.

Roland est brièvement tenté de balancer le cadavre sous une voiture en stationnement. Mais les parkings se vident dès sept heures du matin et le plastique orange exciterait inévitablement la curiosité du gardien, ou celle de Filou. Sans parler de la colère de Brigitte si jamais elle apprenait la chose.

Roland rebrousse piteusement chemin vers l'immeuble.

Joseph repose désormais sur un lit de copeaux de polystyrène dans un carton étroit et allongé qui a contenu un grille-pain.

« C'est quand même mieux qu'un sac plastique », a déclaré Brigitte.

Si la question du cercueil est résolue, celle de la sépulture reste entière : il n'y a pas un coin de terre meuble dans le quartier si l'on excepte le terre-plein central de la rocade et les bacs à fleurs municipaux. Roland n'est pas assez culotté pour aller y enterrer Joseph. Sans compter qu'il n'a pas de pelle.

Prostré sur le canapé, Roland contemple d'un air morne l'écran opaque de la télé. Au retour de son expédition macabre, il a trouvé l'appareil éteint et n'a pas osé le rallumer. Il tente de deviner les ultimes péripéties de la partie en prêtant l'oreille aux clameurs confuses de ses voisins.

– Les Vasselin ! dit soudain Brigitte.

– Vasselin ? Il joue dans quelle équipe ? demande machinalement Roland avant de se souvenir que les Vasselin sont leurs amis.

– Mais oui ! reprend Brigitte. Ils ont un jardin ! Voilà la solution !

Elle compose déjà leur numéro.

– Ils doivent regarder le match tranquillement ! objecte encore Roland, une pointe de jalousie dans la voix. Tu vas les déranger.

D'un geste, Brigitte lui fait signe de se taire.

– Allô, Nicole ? C'est Brigitte… Je suis navrée d'appeler aussi si tard, mais voilà : il nous arrive un gros pépin !…

Brigitte a une conception sportive de la conversation téléphonique qu'elle pratique toujours en déambulant à travers l'appartement. À peine a-t-elle quitté la pièce que Roland se rue sur la télé : trop tard ! Le stade est en liesse, mais impossible de savoir quelle équipe on fête. La voix enrouée du commentateur se perd dans le tumulte. Brigitte réapparaît.

– C'est entendu… Dans une demi-heure, au plus… Merci encore, Nicole !

Elle repose l'appareil sur son socle et déclare :

– Ils sont d'accord ! Nicole m'a dit : « Roland pourra l'ensevelir sous le bouquet de noisetiers ! » Je t'avais dit que c'était la solution !

Soulagée, presque heureuse, Brigitte pose le cercueil improvisé de Joseph sur les genoux de son mari :

– Dépêche-toi mon chéri ! Il ne faut pas les faire attendre !

– Tu ne viens pas avec moi ?

– On ne peut pas laisser Luc tout seul, voyons !

Il fait si chaud dans la petite voiture que Roland a l'impression de conduire une cocotte-minute. Dans le coffre, Joseph doit commencer à sentir. L'autoradio a été volé depuis longtemps, Roland ne sait donc toujours pas qui a gagné le match. Il aperçoit à plusieurs reprises des bandes de types éméchés et braillards qui célèbrent la victoire de leur équipe. Laquelle ? Il est tenté de s'arrêter pour leur demander le score final, mais la peur du ridicule et la crainte vague d'une bagarre l'en dissuadent.

Les Vasselin habitent un quartier paisible et pavillonnaire. Ici, pas de barres d'immeubles, pas de bergers allemands fouineurs et de corbeilles à papiers débordantes. Les avenues sont plantées d'arbres au feuillage argenté, il y souffle même une brise légère. Derrière des haies bien taillées, on devine des gens heureux dont les animaux domestiques ne crèvent pas au fond d'un placard ; en tout cas pas un soir de match.

Roland caresse alors l'idée de se débarrasser du cadavre de Joseph dans le premier jardin venu. Ni vu ni connu. Non. Tout de même.

Roland gare sa voiture à cheval sur le trottoir, sort le carton du coffre et sonne à la grille des Vasselin. Le pêne électrique se déclenche avec un déclic sec. Roland s'engage dans l'allée dont le fin gravier s'insinue aussitôt entre la plante de ses pieds et la semelle de ses tongs. Il jure. Un « Chut ! » impérieux lui répond : Georges Vasselin vient à sa rencontre. Dans l'obscurité, sa chemise est d'une blancheur presque phosphorescente et Roland est tenté de lui demander quelle lessive emploie sa femme pour arriver à pareil résultat. Au lieu de quoi il esquisse une grimace navrée :

– Désolé pour le dérangement... Mais... Tu connais Brigitte... Son chat !

Georges jette un bref coup d'œil au carton que Roland tient sous le bras.

– Écoute, Roland...

– Si tu as une bêche, j'en ai pour cinq minutes. C'est où les noisetiers ?...

– Je suis désolé, mais ça ne va pas être possible ! lance Georges, très embarrassé.

– Si tu préfères qu'on l'enterre ailleurs, je ne suis pas particulièrement attaché aux noisetiers...

– C'est pas la question… Mais Nicole a changé d'avis et je dois reconnaître qu'elle a un peu raison… Tu comprends, chaque fois qu'on aurait regardé les noisetiers on se serait dit : « Il y a le chat des Ledoux qui pourrit là-dessous… » En plus, c'est là qu'on fait nos barbecues…

Accablé par une immense et soudaine lassitude, Roland grommelle un :

– OK, OK, laisse tomber, je vais me démerder !

– Les animaux, c'est toujours chiant, déclare Georges d'un ton pénétré.

– Les femmes aussi quand elles s'y mettent.

Georges a un rire sans joie.

– Au fait ? Tu ne sais pas qui a gagné le match ? demande Roland.

– Quel match ?

Roland soupire. Au loin, l'orage se met à gronder.

Georges lui a prêté une bêche et indiqué un petit bois où il pourra enterrer Joseph discrètement. Roland reprend la route. Des éclairs violâtres se succèdent sur l'horizon et les roulements du tonnerre se rapprochent.

– Il ne manquait plus que ça ! ronchonne Roland.

La voiture cahote enfin sur un chemin de terre. Il y est. La bêche sur l'épaule et le carton sous le bras, Roland s'enfonce sous les arbres jusqu'au point où convergent les cônes de lumière formés par les phares de l'auto qu'il a laissés allumés à dessein.

Une violente bourrasque agite les frondaisons et les premières gouttes de pluie tombent au moment où le fer de la bêche mord la terre. Pressé d'en terminer avec la corvée, Roland décide d'ignorer l'averse qui commence à crépiter sur les feuilles et sur le toit de la voiture. Il bêche furieusement, détachant du sol de grosses mottes d'un humus noir et odorant. En quelque secondes l'averse devient cataracte. Roland est bientôt mouillé jusqu'au slip, sa chemise hawaïenne plaquée contre son torse, la boue jaillissant entre ses doigts de pied en minuscules geysers à chacun de ses mouvements. Le trou qu'il a entrepris de creuser s'est rempli d'eau, la bêche en fait jaillir de grandes éclaboussures. Du carton de Joseph s'échappent des copeaux de polystyrène qui s'en vont au fil des mille ruisseaux qui se sont formés.

Fossoyeur halluciné au cœur de la mousson, Roland

ne voit ni n'entend approcher la voiture de ronde. C'est seulement lorsque les gyrophares l'inondent de leurs lumières bleues et orangées qu'il prend conscience de sa présence.

– On peut savoir ce que vous fabriquez ? lance une voix.

C'est celle d'un gros flic qui l'observe avec méfiance, la main droite sur la crosse de son arme de service, paré à toute éventualité.

Après trois heures d'attente dans la cage du commissariat, en compagnie d'une brochette d'ivrognes et de petits délinquants, Roland apprend enfin que les Italiens ont gagné le match sans surprise, deux buts à un.

On lui fait savoir qu'il encourt une peine d'un mois à un an de prison avec sursis, plus une forte amende pour dégradation de biens communaux et dépose sauvage d'ordures ménagères. Le commissaire le prie également de rassurer Brigitte qui, folle d'inquiétude en ne voyant pas revenir son mari, assaille le standard de messages hystériques.

Harassé, amer et couvert de boue, Roland reprend doucement le chemin de la maison. L'orage a lavé les rues et rafraîchi l'air. Il fait presque jour. Sur la place Jules-Joffrin, Roland avise une benne à ordures arrêtée devant le seul café ouvert. Les éboueurs boivent un coup au zinc avant de se mettre au boulot. Roland s'arrête en douceur derrière le camion. Ouvrir le coffre, en sortir le carton détrempé de Joseph et le balancer dans la benne. Ni vu ni connu. Mais le temps qu'il rassemble l'énergie nécessaire, les éboueurs ont quitté le café. Roland remet le contact et prend le chemin de la maison.

Dans le hall de l'immeuble, Roland tombe sur le gardien.

– Vous avez vu, hier soir, monsieur Ledoux ? Qu'est-ce qu'ils ont pris, les Rosbifs !

L'homme accompagne sa déclaration d'un geste explicite. Roland sourit poliment. Si le gardien est surpris de le voir rentrer au petit matin avec sa chemise froissée, sa barbe râpeuse et son carton sous le bras, il n'en laisse rien paraître. De même que les locataires matinaux croisés dans les couloirs.

L'appartement est silencieux. Épuisée par sa nuit d'angoisse, Brigitte a dû céder enfin au sommeil.

– Papa ! Papa ! glapit alors Luc en surgissant de sa chambre. C'est mon anniversaire !

– Je sais, mon bonhomme ! Je sais. Joyeux anniversaire ! murmure Roland.

Hilare, le gamin pointe alors l'index sur le carton de Joseph.

– C'est mon cadeau ?! C'est quoi ?! Montre ! C'est quoi ?

Avec ou sans chauffeur ?

Caroline et Jean-Louis Baluchat se sont mariés en 2001. Pour leur voyage de noces, ils sont partis trois semaines en Thaïlande. En 2002, ils se sont rendus au Viêt-nam. Depuis, ils ont écumé une bonne partie de l'Indonésie, le Népal, le Cambodge et les Philippines. Cette année, ils ont décidé de « faire » la Birmanie.

« Faire » est le mot qu'ils emploient. Les Baluchat pratiquent un tourisme féroce : ils ne visitent pas les pays, ils les fouillent jusqu'à l'os ! Ils ramènent leurs souvenirs, leurs photos et leurs vidéos comme autant de trophées, et rayent sur le planisphère les zones qu'ils ont parcourues : terrain conquis !

Doté d'une excellente mémoire, Jean-Louis stocke les détails les plus inutiles, tels les numéros des chambres d'hôtels et le prix des choses dans la monnaie locale. Caroline, elle, régale leurs amis d'anecdotes qu'elle enjolive sans scrupules. Les Baluchat ne veulent pas d'enfant, c'est incompatible avec les voyages. Plus tard, peut-être, quand le planisphère sera entièrement grisé.

La Birmanie est un pays méconnu, encore peu ouvert au tourisme, ce qui a piqué leur curiosité. Jean-Louis affirme s'être littéralement battu pour obtenir un visa. On l'a prévenu que ses déplacements dans le pays seraient limités et surveillés. Il sait par expérience qu'une fois sur place, les dollars dont il aura pris soin de se munir aplaniront toutes les difficultés. Bien sûr, ce n'est pas sans risque : on peut être dépouillé, voire même assassiné. C'est ce qui donne du piment à ce type de voyages.

Après quelques jours à Rangoon, où pas un temple n'a échappé à leur soif de découverte, Caroline et Jean-Louis ont envie de voir du pays. Ils se rendent à l'office du tourisme et demandent s'il est possible de louer une voiture. On leur donne un tarif avec chauffeur.

– Et sans ? demande Jean-Louis.

– Sans chauffeur, c'est beaucoup plus cher.

– Voyons ! C'est absurde !

Le fonctionnaire n'en démord pas, même quand Caroline lui agite ses dollars sous le nez : avec chauffeur le prix est élevé, sans, c'est carrément ruineux. De guerre lasse, les Baluchat cèdent.

Le jeune homme qui se présente le lendemain matin à leur hôtel au volant d'un 4 x 4 Suzuki tout neuf se prénomme San. « San, chauffeur ! » lance aussitôt Jean-Louis avec un accent chinois d'opérette, enchanté par son piètre calembour.

San a un visage ouvert et comprend quelques mots d'anglais. Il fait de touchants efforts pour présenter aux Baluchat les curiosités de son pays. Son guide sur les genoux, Caroline somnole sur la banquette arrière dans la torpeur de l'après-midi, tandis que Jean-Louis, assis très raide à l'avant, regarde défiler un paysage monotone en pestant intérieurement parce que San ne dépasse jamais les 50 km/h alors que la route est déserte et bien entretenue. Sans doute une manière de faire durer le voyage pour gagner un peu plus d'argent.

Le premier soir, au bar de l'hôtel, les Baluchat sympathisent avec un médecin danois membre d'une ONG. Jean-Louis le prend à témoin de l'absurdité d'un système économique où une voiture sans chauffeur revient plus cher qu'une voiture avec !

– Il faut comprendre deux choses, explique le médecin que cela ne fait pas rire. D'abord, vous créez de l'emploi dans un pays qui en manque cruellement.

– Hmm… grogne Jean-Louis.

– Ensuite, il faut savoir qu'ici, seuls les nantis roulent en automobile. Ils ne sont qu'une poignée. Alors dans certains villages, un enfant se place au bord de la route… Au moment où passe une voiture, il se laisse tomber en arrière et frappe en même temps la carrosserie du plat de la main… Quand vous êtes au volant, l'impression est saisissante : vous êtes certain de l'avoir renversé !

– Mon Dieu ! commente Caroline.

– Malheur à celui qui s'arrête ! Tout le village rapplique ! « Tu as tué notre fils chéri ! » Le gamin fait le mort, on se hâte de l'emporter. Les femmes pleurent et s'arrachent les cheveux, tandis que les hommes réclament réparation… En Birmanie, il n'existe pas de compagnies d'assurances… Les touristes qui se sentent coupables et qui veulent éviter les ennuis sont prêts à donner tout ce qu'ils ont sur eux ! Et même plus ! Mais les chauffeurs birmans, eux, connaissent la combine. Ils ne s'arrêtent jamais !

Caroline et Jean-Louis se félicitent d'avoir rencontré ce médecin. Si une telle mésaventure leur était arrivée, ils seraient naïvement tombés dans le panneau.

Le lendemain les Baluchat font étape dans une bourgade des environs de Mandalay qui abrite un temple magnifique. Jean-Louis, qui a une idée derrière la tête, fait valoir à Caroline qu'il serait gentil d'inviter San à dîner. Au début, le chauffeur est très crispé, mais après quelques bières il se débride – si l'on ose dire. San n'a jamais goûté au whisky. Jean-Louis lui en fait aussitôt servir un verre, puis un deuxième…

Le lendemain, San ne paraît pas au petit déjeuner. Caroline et Jean-Louis se rendent dans sa chambre et le trouvent allongé, verdâtre, un linge mouillé sur le front, une cuvette pleine de bile au pied de son lit.

– Trop d'alcool hier soir, se lamente San.

– Vraiment ?

– Oh oui ! Me voilà bien malade !

– Tu es en état de conduire, tout de même ?

– Pas aujourd'hui, monsieur ! Pas aujourd'hui ! S'il vous plaît !

Ignorant les signes et les clins d'œil que lui adresse son mari, Caroline tempête :

– Une journée fichue parce que cet idiot ne tient pas l'alcool !

Jean-Louis propose alors de profiter que San soigne sa cuite pour aller faire un petit tour en 4 x 4. Caroline comprend enfin que Jean-Louis a soûlé leur chauffeur à dessein et elle se félicite d'avoir épousé un homme aussi astucieux.

Ignorant les mises en garde du portier de l'hôtel, Jean-Louis se met au volant. Il s'engage sur une piste agréable, bordée de splendides banians. Libérés de la présence du chauffeur, les Baluchat échangent de petites plaisanteries, évoquent le souvenir d'autres voyages, s'arrêtent pour se prendre mutuellement en photo. Détendu, Jean-Louis roule vite. Nettement au-dessus de 50 km/h.

À la sortie d'un virage qui surplombe les toits de chaume d'un village, une petite fille se tient très raide au bord de la route : une robe verte, de longs cheveux noirs, un beau sourire…

– Merde !

Trop tard pour freiner, Jean-Louis donne un coup de volant brutal. Le 4 x 4 tangue, chasse. Dans son rétroviseur, Jean-Louis voit l'enfant disparaître de son champ de vision, il entend un choc sourd contre la carrosserie.

– Il faut reconnaître qu'ils ont une sacrée technique, les mômes ! dit-il, un peu crispé, à Caroline qui a blêmi.

– Fonce !

Jean-Louis écrase l'accélérateur et la voiture bondit en avant. De partout surgissent des villageois, hommes et femmes coiffés de grands chapeaux de paille. Ils crient, gesticulent, montrent le poing et se mettent à courir derrière la voiture. « Qu'est-ce qu'ils espèrent, ces cons ? Rattraper un 4 x 4 à la course, peut-être ? »

– Ils en font vraiment des tonnes ! commente Jean-Louis, presque amusé.

À demi tournée sur son siège, Caroline regarde

s'amenuiser la troupe des villageois en colère à mesure qu'ils s'éloignent.

Jean-Louis roule pied au plancher sur une dizaine de kilomètres. Avisant une sorte de parking naturel, il s'arrête enfin pour vérifier ce qui frotte ainsi de manière agaçante contre la roue arrière droite. Descendue la première de la voiture, Caroline se met à hurler. Quand Jean-Louis la rejoint, il manque de s'évanouir.

Les Baluchat ont été ramenés à Rangoon pour y être jugés. Des villageois sont venus à pied pour témoigner au procès : le 4 x 4 roulait beaucoup trop vite, il a heurté la fillette de plein fouet et n'a même pas fait mine de ralentir. Comble d'horreur, le petit corps, accroché au pare-chocs arrière, a été traîné sur près de dix kilomètres !

Seule leur qualité d'étrangers vaut à Caroline et à Jean-Louis de ne pas être condamnés à mort. Mais ni leurs dollars ni les démarches des services diplomatiques ne leur permettront d'échapper à la prison. Désormais, au lieu de griser le planisphère, ils creusent des encoches dans le ciment de leur cellule. Une pour chaque jour qui passe.

Arrêté de péril

Un matin sur deux, Mme Lepage toquait au volet de Mme Hautcoq qui répondait invariablement d'une voix coassante :

– Qu'est-ce que c'est ?

Mme Lepage était rassurée : sa voisine était toujours en vie. Âgée de quatre-vingt-douze ans, Mme Hautcoq était une petite femme jaune et racornie que le moindre coup de vent aurait emportée comme un vieux journal. Aussi ne sortait-elle jamais de son pavillon.

Mme Lepage lui faisait ses courses. Elle avait elle-même quatre-vingts ans, ce qui n'en faisait pas une jeunesse, mais elle était encore relativement alerte. Elle demandait :

– Qu'est-ce qui vous ferait plaisir aujourd'hui, madame Hautcoq ?

– Qu'on me foute la paix !

– Je voulais dire : qu'est-ce qui vous ferait plaisir à déjeuner ?

L'autre reprenait, après un temps :

– Aaaaah ! C'est vous, madame Lepage...

Comme si elle ne le savait pas ! Mme Hautcoq n'avait ni famille ni amis. Personne pour se préoccuper de son sort à part cette brave Mme Lepage qu'elle traitait pourtant comme de la crotte.

Les besoins de Mme Hautcoq étaient spartiates : un quart de beurre, un pain de ménage qui lui faisait la semaine, quatre yaourts, une tranche de jambon. Parfois une livre de pommes, ou une poignée d'épinards. Jamais de pharmacie. Le secret de sa longévité tenait peut-être à sa frugalité et à sa méfiance à l'égard des médicaments, songeait Mme Lepage qui, elle, abusait de tout.

En revenant des commissions, Mme Lepage déposait les provisions comme une offrande, sur la dernière marche du perron. Elle y trouvait généralement un antique porte-monnaie noir à soufflet, de la taille d'une capote de fiacre, dans lequel Mme Hautcoq avait mis quelques pièces.

On ne savait pas d'où la vieille dame tirait ses ressources. Personne ne l'avait jamais vue aller à la banque ou à la poste. Le rare courrier qu'elle pouvait recevoir s'entassait sur le buffet de l'entrée sans être jamais ouvert. Si Mme Hautcoq touchait une pension, le clerc du notaire devait la lui apporter en petite monnaie par les nuits sans lune.

Mme Lepage, qui en était toujours de sa poche, soupçonnait sa voisine de cacher des billets de banque dans son armoire à linge ou des louis d'or sous les lattes du parquet. Avec tous les voyous qui traînaient, c'était imprudent. Ça finirait mal. Ou pire, Mme Hautcoq disparaîtrait sans avoir révélé la cachette du magot et personne n'en profiterait.

Quand Mme Lepage tentait d'aborder la question avec elle, Mme Hautcoq était brutalement frappée de surdité. Elle se mettait à jouer les gâteuses avec un réalisme effrayant.

Cette histoire d'argent caché n'était évidemment que pure spéculation de la part de Mme Lepage. Malgré la curiosité qui la tenaillait, jamais elle n'avait été autorisée à franchir le seuil de sa voisine.

Le pavillon de Mme Hautcoq était une construction hybride qui devait un peu aux fermes picardes et beaucoup à l'esprit mesquin de la banlieue. Le toit d'ardoises agrémenté de chiens-assis – plus teckels que lévriers –, pesait comme une menace sur une façade plate et sans grâce. Du haut de ses cinq marches, flanqué de lanterneaux et surmonté d'un embryon de balcon, le perron suait la prétention.

Suite à un généreux élargissement de la chaussée dans les années 70, il ne restait du jardin qui séparait autrefois le pavillon de la rue qu'une mince bande de terre. Les camions et les bus qui passaient faisaient trembler les vitres encore intactes. Les autres avaient été remplacées au fil des années par du carton d'emballage, du polystyrène ou de la toile à matelas.

Dans le peu de terre qui subsistait au pied de la maison poussait une glycine effrayante qui, après avoir lancé ses tentacules à l'assaut des murs, avait entrepris d'étouffer la haute cheminée d'où ne sortait jamais aucune fumée. De la plante ou du pavillon, on se demandait qui soutenait l'autre...

Le vent d'ouest et les tempêtes avaient disjoint les ardoises, disloqué les gouttières, rompu les chenaux. Par temps de pluie, l'eau ruisselait le long des murs qui s'étaient progressivement couverts d'une mousse dense où prospéraient plusieurs espèces d'insectes, dont une variété de lucanes très friands de bois de charpente. Fermés été comme hiver, les volets tombaient en morceaux, les huisseries en poussière, leurs pentures rongées par la rouille.

Il ne coulait plus qu'un mince filet d'eau du robinet entartré de la cuisine, la chaudière ne marchait plus depuis longtemps, mais par miracle les toilettes fonctionnaient encore.

Par négligence, par pingrerie, ou par crainte d'être escroquée, jamais Mme Hautcoq n'avait fait venir un ouvrier pour réparer quoi que ce soit. De même n'appelait-elle jamais le médecin.

Son pavillon était à son image : une ruine branlante. L'unique ampoule de vingt-cinq watts qu'on voyait palpiter le soir derrière les lattes disjointes des volets était comme un dernier souffle de vie : quand elle s'éteindrait, Mme Hautcoq ne serait plus. Ou réciproquement.

Autour du pavillon, le quartier évoluait : on construisait frénétiquement des immeubles résidentiels : double vitrage, façade en pierre agrafée, digicode à l'entrée, et chauffage individuel. De jeunes cadres proprets venaient y nicher et s'y reproduisaient à raison de deux enfants virgule sept par foyer.

Il avait donc été nécessaire d'édifier un nouveau groupe scolaire. Pour s'y rendre, la plupart des gamins devaient passer devant la lugubre maison de Mme Hautcoq. Même les plus téméraires changeaient de trottoir. Certains avaient aperçu la vieille dame lors d'un échange furtif avec Mme Lepage. Sa silhouette squelettique et ses longs cheveux blancs en avaient aussitôt fait une sorcière. Des rumeurs s'étaient propagées dans les cours de récréation : plusieurs enfants avaient disparu ! La sorcière les avait accommodés à l'ail et au sel de Guérande avant de les cuire dans son four à micro-ondes géant ! Ces légendes suburbaines faisaient hausser les épaules aux petites filles. Terrorisés, les petits garçons pleuraient la nuit.

Toujours prompts à s'émouvoir, les parents d'élèves s'étaient tournés vers la municipalité. Un fonctionnaire s'était borné à constater que le pavillon menaçait de tomber en ruine et qu'il y avait effectivement un danger potentiel pour les passants si un morceau de corniche venait à se détacher. On avait envoyé à Mme Hautcoq une injonction assez ferme lui intimant, au nom de la sécurité publique, de bien vouloir réparer ses toits et gouttières. Mme Hautcoq n'ouvrit pas plus cette lettre que les autres.

Quelqu'un s'avisa alors qu'il existait une loi assez stricte sur le ravalement des façades. Mme Hautcoq fut mise officiellement en demeure de redonner à son pavillon l'aspect pimpant, sinon riant, qui était désormais la règle. Faute de quoi, de sévères sanctions seraient appliquées.

Devant le silence obstiné de la vieille dame, le service de l'urbanisme transmit le dossier à celui du contentieux qui engagea une action en justice. L'avocat de la municipalité prophétisa que la procédure serait longue et laborieuse : l'âge avancé de la fautive excluait toute contrainte par corps.

Sentant ses forces décliner, sujette à toutes sortes de vertiges et de malaises, Mme Lepage s'inquiétait de l'avenir de sa voisine. Qui viendrait la ravitailler si elle entrait en maison de retraite comme l'y encourageaient ses enfants ?

Mme Lepage prit contact avec les services sociaux au sein desquels personne n'était au courant de l'action en justice engagée contre Mme Hautcoq par le service du contentieux, suite à ses démêlés avec celui de l'urbanisme. Les différents services de la mairie communiquaient en effet le moins possible entre eux, sauf à parler revendications salariales.

Mme Hautcoq refusa de laisser entrer la personne que le service social lui dépêcha. Elle ne voulut même pas lui parler à travers la porte. Une autre employée, pourtant réputée pour son tact, fut éconduite de la même façon.

Le conseiller municipal en charge des questions du troisième âge prit alors discrètement contact avec le curé de la paroisse qui accepta de s'occuper de l'affaire après avoir obtenu, en contrepartie, l'autorisation d'installer un stand merguez-frites devant l'église, pour la kermesse annuelle.

Quand l'homme de Dieu se présenta chez Mme Hautcoq, celle-ci lui donna du « madame » exprès, et proféra sans nécessité des jurons orduriers. Le curé promit qu'on ne l'y reprendrait plus, d'autant qu'une ardoise arrachée au toit par la galopade d'un matou enamouré faillit lui fendre le crâne.

Mme Lepage n'eut pas le temps de dire au revoir à celle qu'il serait exagéré d'appeler son amie. On dut l'hospitaliser d'urgence à la suite d'une phlébite. Très diminuée par le traitement, elle fut ensuite remisée dans un mouroir par sa famille éplorée.

Mme Hautcoq s'étonna un peu de ne plus entendre cogner au volet le matin. Mais elle avait perdu depuis longtemps la notion du temps et la capacité de s'émouvoir. Quelques jours plus tard, devant son garde-manger vide, elle comprit néanmoins qu'il se passait quelque chose d'inhabituel. Elle pensa confusément qu'il devait y avoir la guerre et, pour tromper sa faim, elle entreprit de mâcher le cuir de son grand porte-monnaie à l'aide des quelques dents qui lui restaient.

Il souffla alors une forte tempête qui dépouilla le

toit du pavillon de ses dernières ardoises. Des fragments de gouttière, des briques, un appui de fenêtre en fer forgé et une cheminée dégringolèrent sur la voie publique et sur les voitures malencontreusement garées à proximité. Les pompiers délimitèrent un périmètre de sécurité autour du pavillon à l'aide de rubans de plastique rouge et blanc. Mme Hautcoq, qui les observait à travers ses persiennes fantômes, se garda de leur ouvrir sa porte : elle les prenait pour des soldats ennemis. Elle crut se rappeler que le rouge et le blanc étaient les couleurs nationales de la Suisse et s'étonna qu'un pays si sage, si modeste et si prospère eût envahi une grande nation comme la France. On vivait vraiment une drôle d'époque.

Sur le conseil de leurs assureurs respectifs, les propriétaires des véhicules endommagés assignèrent collectivement Mme Hautcoq.

Dans le but de soutenir leur juste colère et de faire avancer leurs démarches, la municipalité prit alors un arrêté de péril à l'endroit du pavillon de Mme Hautcoq. La vieille dame ne répondit évidemment pas à l'huissier venu le lui signifier : c'était manifestement un homme de la Gestapo, elle ne voulait rien avoir à faire avec ces gens-là.

L'avis fut placardé à l'entrée du pavillon. Les gens s'arrêtaient pour le lire, jetaient un bref coup d'œil à la maison délabrée, et repartaient en hochant la tête.

Un scandale agitait alors la ville voisine : des émigrés maliens campaient au milieu du stade municipal pour réclamer des logements décents. Certains avaient squatté des maisons promises à la démolition d'où il était pratiquement impossible de les déloger tant ils avaient d'enfants. Terrifié à l'idée que la même chose puisse se produire dans sa commune, le maire prit la précaution d'envoyer chez Mme Hautcoq deux cantonniers avec une palette de parpaings et quelques sacs de ciment. En l'absence de sonnette, les ouvriers cognèrent longuement à la porte. Réfugiée dans la penderie de l'étage, Mme Hautcoq priait pour qu'ils s'éloignent. Après avoir longuement tambouriné, les deux hommes se mirent au travail, certains que personne n'habitait plus le taudis…

À midi, ils avaient accompli leur tâche : toutes les ouvertures du rez-de-chaussée étaient solidement murées. Ils partirent déjeuner.

Redescendue sur la pointe des pieds, Mme Hautcoq trouva que la nuit tombait bien tôt pour un mois de juillet. Encore qu'elle ne fût pas très sûre pour juillet. C'était peut-être septembre. Ou janvier. Elle survécut encore quelques jours en grignotant des bougies retrouvées au fond d'un tiroir. Puis elle s'étendit sur le carrelage froid de la cuisine et attendit…

Tirez sur l'ambulance !

Vous vous rendez pas compte, vous, les jeunes !... Aujourd'hui, quand vous recevez un appel, qu'est-ce que vous faites ? Vous branchez la sirène, le gyrophare, et roule Raoul !... Vous ramassez votre bonhomme, et direction l'hosto !... À la fin du mois, par ici la monnaie !... Y a pas plus pépère comme boulot ! Allez pas me dire le contraire ! Quoi ? C'est pas vrai ?... Le pire qui peut vous arriver, c'est un accident en cours de route !... Tandis que de mon temps, fallait vraiment les avoir bien accrochées pour faire ambulancier !...

Combien j'en ai perdu des potes !... Des petits gars comme vous qu'aimaient bien la vie et la rigolade... Félicien, un gros rouquin placide... Tony, avec sa petite moustache et ses rouflaquettes… Un vrai bourreau des cœurs, celui-là !… Moïse qu'étudiait tout le temps pour devenir docteur… Et Oumar qu'avait une tripotée de gamins et le cœur sur la main… Tous morts au champ d'honneur de la médecine d'urgence !… Au champ d'horreur, je devrais dire !…

Pour mes potes, pas de médailles, pas de plaques commémoratives au coin des rues, pas de cérémonie du souvenir… Que dalle !… Morts pour défendre leur bifteck ! Y a rien de glorieux à ça !…

Ça vous étonne ?… C'est que de ce temps-là, voyez-vous, les ambulanciers sortaient plus souvent les flingues que les seringues ! Non, non ! Je vous raconte pas des craques !… Attention ! Je vous parle des années vingt, là… 2020 évidemment… Quand c'est qu'ils ont privatisé à tour de bras… Vous vous rappelez pas ? Non, forcément, vous étiez trop jeunes à l'époque, de vrais mômes…

Alors je vous explique : il y avait deux compagnies d'ambulances en ville : celle à l'hôpital Saint-Jacques, où que j'appartenais, et celle à l'hôpital municipal. La paye était un ch'ti meilleure à Saint-Jacques, mais les Municipaux, ils avaient la sécurité de l'emploi et d'autres avantages genre une colo pour les gosses, vous voyez le genre. Bon. Voilà que du jour au lendemain, ils ont changé les lois. Archilibéralisme ils appelaient ça ! Ils se sont mis à parler rentabilité, taux d'occupation des lits, et flux tendus !... Remuez-vous les miches qu'ils nous ont dit : amenez-nous des malades ! Faut que ça tourne, faut qu'on remplisse !

Alors les Municipaux et nous, on est devenus concurrents. Payés à la pièce, je vous mens pas. Trente euros la civière ! À ce tarif-là, des malades, fallait en trimballer un pacson pour arriver à faire son beurre !...

Alors forcément, ça a chié !...

Au début, quand on arrivait à plusieurs sur un appel, c'était seulement des engueulades, rien de sérieux : « On était là les premiers ! Barrez-vous bande de nases ! Municipaux têtes de veau ! Saint-Jacques, têtes à claques. » Ce genre-là.

Je me rappelle une fois... une femme, qu'était sur le point d'accoucher. Dans la ville basse. Les accouchements, moi c'était un peu ma spécialité, voyez... J'étais aussi bon que bien des docteurs sur le coup, je vous mens pas... Faut en même temps de la fermeté et du doigté...

De l'intuition aussi. Bref, nous voilà fonçant à travers la ville. On arrive devant l'immeuble… Voilà-t'y pas que l'ambulance municipale était déjà là, bon Dieu ! Ce jour-là, justement, je faisais équipe avec Oumar dont je vous parlais. J'y dis :

– Qu'est-ce qu'on fait ? On laisse tomber ?

– Pas question, qu'il me répond. On n'a pas fait un kopeck cette semaine, il nous la faut, l'accouchée !

– Chuis ton homme ! je lui dis.

On empoigne la civière et nous voilà à crapahuter dans un escalier graisseux qui puait le chou et la pisse de chat. Neuf étages, bordel, et pas d'ascenseur ! La parturiente, on l'entendait gueuler du troisième.

– Ça doit être un vrai massacre là-haut !

Il se marre, Oumar. On aimait bien se foutre de leurs gueules, aux Municipaux, dire qu'ils étaient pas foutus de faire la différence entre un lampadaire et une perfusion, ce genre de vannes… Bref, on déboule dans une pièce minuscule, sous les toits. Ça se bousculait là-dedans, je vous raconte pas : il devait bien y avoir la moitié des bonnes femmes de l'immeuble à ramener leur science et à donner des conseils à la con. Les hommes, eux, ils devaient tous être au bistrot. Sauf le mari de la parturiente, évidemment, un jeune qui tirait une gueule épouvantable comme si c'était lui qu'avait les contractions. J'ai tout de suite vu que ça se présentait mal : un siège, comme disent les sages-femmes. Les deux ambulanciers municipaux, ils contrôlaient pas vraiment la situation. Ils transpiraient presque autant que la pauvre femme. Oumar et moi, on s'était pas concertés sur ce qu'on ferait une fois en haut. Je me suis dit qu'on les aurait facile à l'esbroufe.

– Messieurs dames, j'ai lancé, cette femme va mourir !

Ça a jeté un froid, je vous raconte pas !

– Arrête tes conneries ! a fait un des Municipaux. Ayez pas peur, m'dame ! Ça va très bien se passer…

– Ouais, l'écoutez pas, m'dame, a dit l'autre. On le connaît. C'est un mariole !

J'avais l'avantage de l'âge, j'en ai profité :

– Un mariole avec trente ans d'expérience, messieurs dames ! Croyez-moi, j'ai bien accouché la moitié des bébés de cette ville ! Peut-être même vous, m'sieur, j'ai dit au futur papa.

Là, j'ai marqué un point.

– Je peux vous garantir que si cette femme est pas à Saint-Jacques dans vingt minutes, vous pouvez commander une paire de cercueils ! j'ai ajouté. Un grand et un ch'ti, si vous voyez ce que je veux dire…

Dans ces cas-là, faut pas faire dans la dentelle. Faut frapper les imaginations à l'estomac si vous me passez l'expression… Ils me regardaient tous d'un air horrifié. Oumar en a profité pour déplier la civière. Quand on a mis la parturiente dessus, les Municipaux ont pas moufté. Ils ont compris qu'ils avaient pas une foutue chance… Les neuf étages, on les a descendus comme qui dirait sur un petit nuage. Portés par la sympathie générale… Une demi-heure plus tard, la femme accouchait par césarienne. Un beau garçon, je me rappelle, dans les huit livres !…

Je saurais pas vous dire si c'est les Municipaux ou ceux de Saint-Jacques qui ont tiré les premiers, comme dit la chanson… Mais putain ! Quand la radio a annoncé que deux équipes d'ambulanciers s'étaient disputé un malade en pleine rue à coups de fusil à pompe, ç'a été un choc !

À partir de là, on n'est plus sortis qu'armés. On avait nos flingues sur nous dans des holsters, des pistolets-mitrailleurs et des grenades à l'arrière, avec le matériel d'intervention… Le problème, c'est qu'on était obligés de monter à quatre sur le moindre appel : deux qui portaient la civière et deux pour les couvrir. Comme les convoyeurs de fonds, voyez ? À cette différence près que notre cargaison valait pas tripette… Ceci dit, quand ça canardait, on avait toujours la pétoche que le client se mange une bastos fatale !… Vu qu'un client mort, c'était trente euros de perdus, faut le savoir.

Ah, il s'en est passé, je vous jure ! Tous les jours c'étaient des poursuites d'ambulances, des embuscades, des opérations de commando pour piquer un malade à la concurrence !… On se serait cru à Chicago du temps d'Al Capone !

Les gens ont commencé à s'en mêler. Comme pour les équipes de foot il y a bientôt eu les partisans de Saint-Jacques et ceux de l'hôpital municipal… Des fanatiques !… On arrivait les premiers sur un appel et ils nous disaient par exemple : « On laissera jamais notre pauvre grand-père à ceux de Saint-Jacques ! Plutôt le voir crever ! » Vous vous rendez compte ?!… Combien de fois on a été obligés d'enlever le malade sous la menace de nos armes !... Jusqu'au jour où un gus s'est rebiffé. Oumar s'est pris un méchant coup de surin en traître. Les pneus de l'ambulance aussi... Le temps qu'on arrive aux urgences, il s'était vidé de tout son sang... Pauvre Oumar. Je pense souvent à lui. S'il voyait ce qu'est devenue la profession, aujourd'hui, sûr qu'il en croirait pas ses yeux...

C'était l'escalade et personne pouvait plus l'arrêter. Les Municipaux ont tiré au bazooka sur un véhicule de chez nous. Cinq morts : le malade et les quatre ambulanciers... On a riposté en organisant un raid contre leur garage... Toutes leurs ambulances détruites d'un coup !... Seulement pour se venger, ces salauds-là ont foutu le feu à l'hôpital Saint-Jacques ! Tout a cramé ! Les malades avec !... Vu que les pompiers, c'était pareil que nous : la caserne Parmentier et la caserne Kléber étaient à couteaux tirés. Les gars passaient leur temps à se canarder au lieu d'éteindre les incendies...

Ça pouvait pas durer comme ça, vous vous doutez bien. Il y avait quand même des gens de bon sens pour dire qu'il fallait revenir à l'ancien système… Ça s'est fait petit à petit… Moi, on m'a mis en préretraite d'office en 2025… J'étais pratiquement un des seuls survivants de l'époque héroïque…

Je vais vous faire une confidence : aujourd'hui encore, chaque fois que j'entends la sirène d'une ambulance, j'ai le réflexe de dégainer mon flingue !…

Sardanapale

Madame Benoît est notre voisine. C'est une petite vieille propre et discrète qui a toujours un sourire ou un mot aimable lorsque nous la croisons, chargée de son affreux cabas écossais ou sortant sa poubelle, au crépuscule.

Nous avons acheté le pavillon voisin du sien pour une bouchée de pain. Deux ans de travaux ont été nécessaires pour en faire une demeure confortable avec jacuzzi, jardin d'hiver, salle de sports et garage pour trois voitures ; nous n'en avons que deux : mon 4 x 4 et le cabriolet de Carole, mais on n'est jamais trop prévoyant.

Soyons francs : si cet interminable chantier a été pour nous une épreuve, il a dû l'être aussi pour madame

Benoît qui en subissait les nuisances au quotidien. Je vous passe le bruit et la poussière. Mais les ouvriers avaient pris l'habitude de venir pisser dans son jardin, et les camions stationnaient souvent de telle façon devant sa porte qu'elle ne pouvait plus sortir de chez elle ! Elle ne s'est jamais plainte. Ou si peu.

À plusieurs reprises, Carole et moi avons envisagé de lui faire porter des chocolats accompagnés d'un mot d'excuse pour les désagréments que nous lui causions. Mais vous savez ce que c'est, on a mille choses en tête, le temps passe, on oublie. Et puis tout le monde n'aime pas le chocolat.

Nous avons décidé de pendre la crémaillère avec nos amis. Nous nous sommes donnés à fond pour que cette fête soit une réussite, elle l'a été ! Un buffet délicieux, un orchestre cubain survolté qui a joué jusqu'à trois heures du matin, et même un feu d'artifice tiré aux premières lueurs de l'aube.

Seul point noir de cette soirée, la camionnette du traiteur a malencontreusement défoncé le portail de notre voisine. « C'est affreux ! a dit Carole en contemplant les dégâts. Nous avons complètement oublié d'inviter madame Benoît ! » J'étais plutôt penaud, je vous assure, en sonnant à la porte de la vieille dame pour lui présenter nos excuses. Elle n'a pas répondu. Furieuse et vexée, sans doute. L'incident m'a contrarié : il risquait de gâcher les relations de bon voisinage que je m'efforce d'entretenir dans le quartier.

La Providence fait parfois bien les choses ! Nous apprîmes par la bouchère que madame Benoît avait été hospitalisée d'urgence le jour même de la fête ! Carole envisagea aussitôt d'aller voir à la clinique si la vieille dame n'avait besoin de rien. Je le lui déconseillai. Il aurait fallu évoquer l'incident du portail, elle en aurait été chagrinée et sa guérison compromise : un bon moral, c'est primordial quand on est souffrant.

Je ne me doutais évidemment pas que des cambrioleurs profiteraient du portail arraché et de l'absence de la vieille dame pour piller sa maison. Si elle avait eu, comme nous, une alarme fiable, rien ne serait d'ailleurs arrivé.

Quand le cambriolage eut lieu, nous étions en thalassothérapie. Il nous fallait bien ça, après les tracas du chantier et le stress du déménagement. Une amusante coïncidence fit que madame Benoît rentra de la clinique au moment où nous revenions nous-mêmes de Quiberon, détendus et hâlés. La vieille dame avait affreusement maigri, elle chancelait sur des cannes anglaises. Elle commença à parler tumeur mais j'y mis tout de suite le holà : j'ai la maladie en horreur. La voyant se désoler devant son portail démoli et sa maison dévastée, nous compatîmes. Un peu hypocritement, je le reconnais puisque nous étions à l'origine du problème. Mais bon, nous ne sommes pas responsables de la maladresse du traiteur !

Au début du mois d'octobre, Carole reçut un courriel de son amie Sylvie nous informant que Schéhérazade avait mis bas trois chatons. Schéhérazade est une persane pure race, Ispahan, l'heureux papa, de même. Quelques mois plus tôt, Sylvie et Carole étaient convenues que s'il y avait un mâle dans la prochaine portée, il serait pour nous. À quatre cents euros, c'était une affaire !

Soyeux, distingué, d'un blanc immaculé, Sardanapale fut bientôt « l'orgueil de la maison », comme a dit

George Sand. À moins que ce ne soit Colette. Ou Baudelaire ? Je n'ai pas ouvert leurs livres depuis le lycée.

Carole était folle de son chat. Elle entretenait et brossait son admirable pelage mieux que ses propres cheveux et cuisinait pour lui des plats nettement plus élaborés que les nôtres.

Sardanapale faisait l'envie de nos amis et le sujet de fond de nos conversations.

Nous n'avions pas jugé utile d'informer madame Benoît que nous possédions désormais un chat, d'autant que Sardanapale n'était pas censé sortir de la maison. À toutes fins utiles, il portait néanmoins autour du cou une médaille où étaient gravés nos adresses électroniques et nos numéros de mobiles.

Trompant un jour la vigilance de Carole, Sardanapale réussit pourtant à s'échapper. Elle n'eut pas le temps de paniquer : déjà, madame Benoît sonnait à notre porte :

– J'ai trouvé ce joli petit chat dans mon jardin… Je suppose qu'il est à vous ?

Difficile dans ces circonstances de ne pas offrir une tasse de thé à notre voisine, de ne pas faire un brin de causette avec elle. Quand je dis un brin… Si agréablement réservée jusque-là, madame Benoît dévida l'interminable écheveau de ses souvenirs, de la Première Guerre mondiale à Mai 68 ! Au fil de sa logorrhée, nous crûmes comprendre qu'elle avait eu, elle aussi, à une époque reculée, un chat et un mari. Lequel des deux était passé sous un autobus resta un point obscur de l'histoire. En tout cas, c'est bien le chat qui était enterré au pied du vieil if, dans son jardin.

Je me fis beaucoup de souci à la suite de cet incident : ne risquions-nous pas, dorénavant, de voir madame Benoît débarquer chez nous à tout bout de champ sous prétexte de prendre des nouvelles de Sardanapale – qu'elle s'obstinait d'ailleurs à estropier en Sarpadanale ou Sarnadapale –, et de se plaindre des heures durant de sa solitude, de son cancer ou de la cherté de la vie ?

Heureusement, passé ce bref instant de faiblesse, madame Benoît se reprit, restant la voisine avenante et effacée que nous appréciions tant. Elle se contentait de nous sourire plus chaleureusement lorsque nous nous croisions dans la rue, et nous demandait amicalement des nouvelles de notre « magnifique chat persan » quand elle nous voyait revenir éreintés et suants de notre jogging dominical.

Début janvier, je m'ouvris à Carole d'un problème qui me préoccupait :

– Cette année, ma chérie, les vacances de ski risquent d'être compromises…

– Tu n'as pas pu réserver à Megève ? s'alarma aussitôt mon épouse.

– Il ne s'agit pas de Megève, mais de Sardanapale. Qu'est-ce qu'on va faire de lui ?

Je vis passer une ombre dans les beaux yeux de Carole.

– C'est vrai… Je n'y avais pas pensé…

Elle fronça les sourcils :

– Est-ce qu'on ne pourrait pas demander à Joséphine de s'en occuper ? Moyennant un petit bonus, éventuellement…

Joséphine est notre femme de ménage. Noire comme l'ébène, taciturne et méritante, elle élève seule et sévèrement une ribambelle d'enfants dans un appartement grand comme la moitié de notre salle de bains.

– Ma chérie, objectai-je, j'ai toute confiance en Joséphine tant qu'il s'agit de passer la serpillière ou l'aspirateur. Mais je ne lui laisserais Sardanapale pour rien au monde ! À l'évidence, elle n'a pas le feeling avec les animaux.

– Je vois ce que tu veux dire, murmura Carole. Elle ne prend jamais le temps de jouer avec lui, ou même de le caresser…

Pouvais-je révéler à mon épouse, si sensible, si émotive quand il s'agissait de nos amies les bêtes, que j'avais surpris un jour Joséphine et Sardanapale en pleine bagarre ! La première brandissait un balai, le second en pissait de terreur. À mes reproches, Joséphine, encore hors d'elle, répondit textuellement que le foutu bestiau, cette créature du diable, avait failli lui faire dégringoler l'escalier de la cave. Je lui expliquai patiemment que si le chat s'était frotté contre ses chevilles, ce n'était pas dans une intention homicide, encore moins diabolique, mais simplement dans l'espoir d'une caresse. Joséphine n'en avait pas moins proféré de sourdes menaces à l'encontre de Sardanapale.

– Et mes parents ? Ils seraient certainement d'accord pour le prendre, dit alors Carole.

– Tes parents habitent Nice, ma chérie.

– Je suis au courant, oui.

– Descendre à Nice pour remonter ensuite à Megève, ça n'a pas de sens ! La meilleure solution serait de le confier à madame Benoît.

– À madame Benoît ?

– J'entends, bien sûr, qu'elle viendrait chez nous deux fois par jour pour le nourrir et nettoyer sa caisse…

Le persan a ses habitudes, au point que certains le disent maniaque. Bien entendu, je n'aurais jamais pensé imposer pareille corvée à madame Benoît si je ne l'avais pas sentie en bien meilleure forme. Mais depuis quelques mois, elle se débrouillait mieux avec ses cannes anglaises. Et à son âge, l'évolution d'un cancer est loin d'être foudroyante, il faut le savoir.

– Ce sera une sorte de test, vois-tu… Et si tout se passe aussi bien que je l'espère, on pourra envisager de laisser Sardanapale à madame Benoît l'été prochain…

Carole eut beaucoup de mal à briefer madame Benoît. La vieille dame ne s'en sortait pas avec le système d'alarme, bien qu'il fût remarquablement simple d'emploi.

Je vis le moment où il faudrait lui écrire les huit chiffres du code sur un papier pour qu'elle arrive à s'en souvenir. Ce qui annulait automatiquement la garantie vol de mon assurance, c'était bien précisé dans le contrat. J'en faisais des cauchemars ! Mais au prix d'exercices quotidiens, madame Benoît finit tout de même par mémoriser le code et la procédure.

La veille du départ, alors que nous prenions le petit déjeuner dans le jardin d'hiver, Carole souleva une objection qui faillit tout remettre en question :

– Imagine, me dit-elle, la bouche pleine de céréales bio, imagine que madame Benoît se casse le col du fémur en venant nourrir le chat ! On serait responsables !

– Pas plus que si Joséphine dégringole de son escabeau en faisant les vitres.

– Pardon ! Joséphine est notre employée. Dûment déclarée, et Dieu sait que ça nous coûte cher ! Mais madame Benoît ne nous est rien !

Je me sentis glacé, tandis que Carole évoquait les factures d'hôpital qu'il faudrait acquitter, les dommages et intérêts que la vieille dame ou ses héritiers tenteraient certainement de nous extorquer, et les commentaires sarcastiques dont nos amis ne manqueraient pas de nous accabler. Un coup de fil à mon avocat nous rassura : une simple décharge signée de la main de notre voisine nous mettait à l'abri d'éventuelles poursuites.

La vieille dame ne comprit pas très bien pourquoi elle devait signer une liasse de papiers pour garder le chat de ses voisins, mais elle signa.

Nous pouvions partir skier le cœur léger.

Le jour du départ, Carole remit solennellement à madame Benoît un cahier d'écolier dans lequel elle s'était appliquée à écrire très lisiblement divers conseils pratiques, et à recopier les numéros de téléphone indispensables, urgences vétérinaires et autres.

– Chère madame Benoît, vous ferez bien attention de ne pas perdre ce cahier ?…

– Mais non, Carole, ne vous faites pas de souci…

Je n'aimais pas beaucoup entendre la voisine appeler Carole par son prénom, mais le bien-être de Sardanapale était, semble-t-il, au prix de cette familiarité.

– Vous avez bien vu où sont les boîtes du chat ?

– Oui, Carole. Première étagère à droite au pied de l'escalier de la cave…

Sachant à quel point Sardanapale était regardant, côté alimentation, Carole avait préféré constituer un petit stock de boîtes haut de gamme, plutôt que laisser madame Benoît lui préparer des plats à sa manière.

– Surtout, n'oubliez pas de le brosser ! Au moins deux fois par jour ! Sinon, ses poils s'emmêlent, c'est une horreur !… Et sa caisse ! Par pitié, veillez à ce que sa caisse soit toujours propre ! Oh ?! Je vous ai dit ce qu'il fallait faire en cas de diarrhée ?

– Vous me l'avez même écrit. Vous pouvez partir tranquille, Carole, tout se passera bien.

Le chauffeur du taxi qui attendait de nous emmener à la gare se marrait en douce derrière son journal, ce qui m'incita à écourter les adieux. Je poussai Carole dans la voiture en lançant d'un air enjoué :

– Allez ! À bientôt madame Benoît !

– Bonnes vacances ! nous cria la vieille dame tandis que le taxi se mettait en route. Reposez-vous bien !

À Megève, dois-je l'avouer, nous oubliâmes complètement Sardanapale ! Trois jours s'étaient écoulés lorsque Carole pensa à appeler madame Benoît. À la douzième sonnerie, la vieille dame n'avait toujours pas décroché.

– Appelle chez nous, elle doit y être, suggérai-je.

Carole entendit sa propre voix lui répondre que nous étions momentanément absents. Elle eut beau répéter « Madame Benoît ! Madame Benoît ! C'est moi, Carole ! Si vous êtes là, décrochez ! », la vieille dame ne sut, ou ne voulut pas toucher au téléphone. Carole tenta encore de joindre madame Benoît chez elle à diverses reprises sans plus de succès. Son inexplicable silence nous gâcha quelque peu la fin des vacances. Nous étions inquiets pour Sardanapale.

Le taxi nous déposa devant chez nous, un peu avant minuit. Carole avait demandé à madame Benoît de laisser allumées les lumières extérieures le soir de notre retour, la vieille dame avait évidemment oublié. On ne peut, décidément, compter sur personne.

Nous dûmes traverser le jardin obscur, chargés de nos valises. Carole se prit les pieds dans le tourniquet d'arrosage et s'écorcha le genou en tombant. Elle jura grossièrement. Mais malgré le vacarme, les fenêtres de la maison de madame Benoît restèrent obscures. Et la vieille dame se prétendait insomniaque !

Nous entendîmes miauler Sardanapale avant même d'avoir ouvert la porte d'entrée.

– Au moins, elle n'a pas perdu le chat ! constatai-je en glissant ma clé dans la serrure.

Quand la porte s'ouvrit, une odeur forte nous prit à la gorge.

– Il a dû pisser dans toute la maison, se désola Carole. Heureusement que j'avais demandé à la mère Benoît de nettoyer la caisse deux fois par jour ! Je te jure !

J'ai l'odorat très développé : au-delà des relents d'urine de Sardanapale, je percevais par bouffées une autre odeur, douceâtre, singulièrement déplaisante, mais impossible à identifier dans l'état de fatigue et d'énervement où je me trouvais. Sardanapale vint se frotter en ronronnant contre mes chevilles, puis contre celles de Carole. Elle prit le chat dans ses bras pour l'examiner.

– Mon pauvre chéri ! Au moins, on t'a nourri convenablement… Tu as même grossi on dirait…

Je refermai la porte d'entrée et me dirigeai vers le tableau de commande pour neutraliser l'alarme. Constatant qu'elle n'avait pas été activée, je jurai tout bas. J'avais eu tort de faire confiance à cette vieille gâteuse. N'importe qui aurait pu s'introduire dans la maison !

– Elle s'est foutue de nous ! dit Carole en passant les doigts dans la fourrure de Sardanapale. Regarde-moi ça ! J'en ai pour des heures à démêler tous ces nœuds ! Ah, elle va m'entendre la mère Benoît ! Tu peux me faire confiance !

Il était tout de même un peu tard pour aller secouer les puces à la vieille dame, nous tombions de fatigue. Laissant à Joséphine, qui reprenait son service le lendemain, le soin de nettoyer les saletés du chat, nous allâmes nous coucher.

Comme chaque fois que je reviens de voyage, j'eus du mal à trouver le sommeil. Tandis que je me tournais et me retournais aussi discrètement que possible sous la couette, pour ne pas déranger Carole qui ronflait déjà, l'étrange odeur que j'avais remarquée en entrant m'assaillit à nouveau. Et je compris ! Cette andouille de madame Benoît *avait laissé ouverte la porte du congélateur*! On en avait minimum pour cinq cents euros là-dedans ! Des rôtis splendides, des gigots, une selle de chevreuil. Tout était foutu maintenant ! Quel con j'avais été de penser qu'elle se contenterait de donner à bouffer au chat ! Elle n'avait pas pu s'empêcher d'aller fouiner partout ! Et de se servir dans le congélo en s'imaginant probablement que nous n'y verrions que du feu ! Si mes vins n'avaient pas été sous clé, elle s'en serait peut-être descendu une bouteille chaque soir, la vieille pochetronne !

Je fus à deux doigts de réveiller Carole pour lui faire part de mon indignation. Mais à quoi bon la stresser. Elle le saurait bien assez tôt. Quant à descendre constater le désastre, ça n'avait pas de sens non plus. Joséphine s'occuperait de tout ça demain matin. Tout en me demandant si un désodorisant suffirait à dissiper la puanteur, je me levai et gagnai silencieusement la salle de bains où j'avalai trois Somnifor coup sur coup. C'était ça ou la nuit blanche.

La voix affolée de Joséphine me tira d'un rêve pénible où je me débattais entre d'énormes quartiers de viande qui menaçaient de m'étouffer :

– Monsieur, monsieur ! Venez vite ! Il est arrivé un malheur !

Carole était sous la douche dont j'entendais l'eau couler, sans quoi Joséphine aurait eu droit à un savon dans les règles pour avoir fait ainsi irruption dans notre chambre à coucher, urgence ou pas.

– Je sais, je sais, Joséphine, le congélateur est resté ouvert en notre absence… Mais ce n'était pas la peine de venir me réveiller en fanfare pour ça !

Joséphine fixait sur moi des yeux sombres, écarquillés, et, me sembla-t-il, chargés d'un insondable mépris. Articulant soigneusement, comme si elle s'adressait à un arriéré mental, elle dit :

– Il n'y a pas de problème avec le congélateur, monsieur. Mais madame Benoît est tombée dans l'escalier de la cave. Elle est morte. Et votre foutue saleté de chat, il en a bien bouffé la moitié !

L'acteur idéal

À tous les comédiens…

Jean-René Dournon, ça te dit quelque chose ? Non ? Ça ne m'étonne pas… Et Kévin ?… Oui, oui, Kévin, tout court… Kéviiiiiiiiiiiiiiiiiin ! Non ? C'est vrai. Tu es trop jeune, tu n'as pas connu le phénomène. Tu n'as pas perdu grand-chose, d'ailleurs… Et Fred Sterling ? Ah ! Tu as forcément entendu parler de Fred Sterling !… Mais oui ! L'acteur. Un triomphe dans *Othello*, je ne te le fais pas dire. Et dans *L'Avare* aussi, absolument. Et *Caligula*, et *Le Misanthrope*, et *Maître Puntila*… Autant de rôles classiques qu'il a marqués à jamais de l'empreinte de son génie !... La phrase n'est pas de moi, je me la suis appropriée...

Et au cinéma ! Tu l'as vu dans *La Nuit des coloquintes* ? Hein ? Bouleversant ! Une présence, une prestance... Un charisme, tout à fait, c'est le mot. Encore que, dans le cas de Fred Sterling, il y ait plus que du charisme...

Ce qu'il est devenu ?... Retiré du monde à ce qu'on raconte. Si, si. Définitivement. Cloîtré. Invisible. Il s'est brûlé les ailes à son propre piège, comme on dit !... Oui, bon, ce n'est peut-être pas l'expression consacrée mais ça dit bien ce que ça veut dire, non ? Un destin tragique...

Jean-René Dournon... Imagine un petit jeune homme qui débarque de sa province à dix-sept ans... Une gueule d'ange et des rêves plein la tête... Devenir acteur ! Avoir son nom sur l'affiche en caractères gros comme ça ! Tomber toutes les filles ! Toucher des cachets faramineux !...

Pas faciles, les débuts... Un cours de théâtre minable, une chambre en banlieue, un jambon-beurre à midi, et encore, pas tous les jours... Une panouille de temps à autre dans un téléfilm merdique ou dans une pub. Une silhouette dans un film historique. Bref espoir. Coupé au montage !... Une tournée au pied levé pour remplacer un comédien malade. Dix minutes sur scène, trois répliques, quarante-cinq villes en six semaines... L'horreur !...

Et un jour, le coup de bol, le miracle, le doigt du destin, appelle ça comme tu veux...

Jean-René joue dans un spectacle monté à Avignon par une troupe associative. Oui, dans le *off*, évidemment... La pièce, écrite par un très jeune auteur qui en a également assuré la mise en scène, dénonce pêle-mêle la guerre, la mondialisation, la psychanalyse et les OGM. On joue chaque soir à vingt-deux heures quarante-cinq dans un ancien garage hâtivement transformé en théâtre. Le public est clairsemé, et les spectateurs ont tendance à quitter la salle avant la fin, ou à piquer du nez. D'après l'auteur, c'est à cause de l'odeur de gas-oil qui imprègne encore les lieux. On a beau brûler de l'encens avant le spectacle, rien n'y fait.

Ce soir-là Christine Brévans, *casting director* renommée, a dîné au restaurant avec deux comédiens célèbres et un ami producteur accompagné de sa jeune maîtresse. Christine regagne son hôtel à pied pour dissiper les calories accumulées au cours d'un dîner trop arrosé. Elle trouve moyen de se perdre dans le dédale des rues de la vieille ville. Soudain, éclate un orage. Des trombes d'eau balaient les rues. Christine se réfugie sous le premier porche venu. En l'occurrence, celui d'un ancien garage recyclé en théâtre… Comme la pluie ne fait pas mine de cesser et qu'elle commence à avoir froid, elle entre dans la salle sans que personne ne lui demande rien : la fille qui tient la billetterie a quitté son poste pour tenir son rôle dans la pièce… Christine commence à bâiller ; elle somnole par intermittence jusqu'à la fin du spectacle et de l'orage.

De retour à Paris, une grosse production confie à Christine le casting d'une nouvelle série télé : l'histoire d'une bande de jeunes, garçons et filles, qui partagent une villa sur la côte basque.

Ça te paraît un peu mince comme intrigue ? Tu n'y connais rien ! Ils ont réalisé près de mille épisodes de vingt-six minutes sur ce thème… Bon. Pour toucher sa cible, les quatre/douze ans, la chaîne exige des têtes et des talents neufs ! Surtout des têtes. Et des formes pour les filles.

Christine voit défiler dans son bureau plus de trois cents jeunes qui rêvent de devenir des stars de la télé. Aucun ne provoque la petite étincelle qu'elle espère. Le souvenir d'un visage vient alors flotter à la surface de sa mémoire : celui d'un comédien entraperçu à Avignon un soir d'ivresse et d'orage. Christine a assez de métier pour savoir qu'une petite gueule comme celle-là peut faire un carton dans une série télé. Que le comédien soit bon ou non est accessoire. Elle n'a aucune peine à retrouver Jean-René auquel elle propose le rôle de Kévin. Il n'est pas très enthousiaste, trouvant le scénario indigent. « Il l'est, confirme Christine. Mais ce serait pour vous une excellente occasion de découvrir la réalité des tournages, et surtout de vous faire connaître ! » Jean-René se montre sensible à ce dernier argument. Et au cachet.

Six mois plus tard, la série caracole en tête de l'audimat dans sa tranche horaire. Jean-René est interviewé par plusieurs magazines destinés aux adolescentes et il s'en amuse. Quand il est élu « acteur le plus sexy de l'année » par un des ces magazines, il est même flatté. Son agent en profite pour faire augmenter substantiellement son cachet. À la sortie de la salle où la rédactrice en chef du magazine lui a remis son trophée, Jean-René est accueilli par une horde de gamines prépubères qui hurlent : « Kéviiiiiiiiiiiiin ! »

En moins d'un an, le nom de Kévin est sur toutes les lèvres. Les scénaristes de la série ont fait passer son personnage au premier plan. Les meilleures scènes et les plus jolies comédiennes lui sont réservées. Les propositions affluent : interviews, pubs, produits dérivés à son effigie. On invite Kévin à toutes les réceptions, on réclame sa présence à toutes les inaugurations. Il change d'agent. On doit engager du personnel pour répondre au courrier de ses fans et signer son nom sur ses photos. Les jeunes filles s'évanouissent à chacune de ses apparitions publiques. Il gagne des millions. Alors qu'il vient de fêter ses vingt-cinq ans, un éditeur lui propose un à-valoir colossal pour écrire ses Mémoires. Une éminente sociologue publie un livre intitulé : *Un phénomène de société nommé Kévin.* Elle révèle dans son ouvrage que trente-cinq pour cent des garçons nés au cours de l'année ont été baptisés Kévin. Que le fameux « Kéviiiiiiiiiiiiin » de ses jeunes fans est en passe de devenir le cri de ralliement d'une génération en mal de repères.

Jean-René ne se laisse pourtant pas griser par son incroyable notoriété. Il est conscient d'être le héros d'une série inepte, de devoir son succès à son physique et non à son jeu. Les professionnels ne s'y sont d'ailleurs pas trompés : personne ne lui a proposé de rôle, ni au théâtre ni au cinéma. Lorsque le producteur l'invite à signer pour la cinquième saison consécutive et pour une somme astronomique, Jean-René dit : Non. Stop. Basta.

Son agent le prend à part. Il est hystérique :

– Tu es con ou quoi ?! Tu as fumé ? Tu as bu ? Tu es amoureux ? C'est quoi le problème ?

– Le problème c'est que j'en ai assez ! J'arrête. Je veux jouer au théâtre. Au cinéma. Des petits rôles s'il le faut, mais de vrais rôles ! Tu peux comprendre ça ?

– Non ! répond l'agent.

Tout le monde traite Jean-René de fou. La presse se désole, son banquier lui fait la gueule et sa petite amie, un des top models les mieux payés du marché, le quitte pour une vedette de hip-hop.

Jean-René part faire le tour du monde. Il reste plus d'un an loin de chez lui. Il revient bronzé, barbu, les cheveux aux épaules, animé d'une énergie toute neuve.

Sous le pseudonyme de René Chabrier, il commence à courir les castings. Comme un débutant.

Ceux qui le reconnaissent lui tournent le dos ou ironisent. « Tiens, tiens, Kévin est de retour ! Désolé, vieux, ici on cherche des comédiens, pas des sex-symbols ! » Jean-René serre les dents. Un metteur en scène austère, fraîchement débarqué de Tallin – où le nom de Kévin ne dit rien à personne –, lui donne sa chance ; il monte *La Tempête* de Shakespeare dans le cadre d'un programme d'échanges culturels franco-estoniens. Kévin s'y vieillit pour camper Prospero. Il se donne au spectacle de toute son âme.

Le soir de la première Jean-René fait une prestation remarquable. Un critique consacre même quelques lignes élogieuses à ce René Chabrier dans lequel il n'a pas reconnu le fameux Kévin. Mais lors d'une matinée culturelle où les enfants des collèges ont été amenés par autocars entiers, une gamine assise au premier rang reconnaît Kévin malgré son costume et sa barbe postiche. Le cri jaillit spontanément : « Kéviiiiiiiin ! » Aussitôt repris par toutes les lolitas de la salle. On est obligé de baisser le rideau…

La rumeur se répand : Kévin est de retour ! Un magazine à scandale titre, sous une photo de Jean-René en Prospero : « *Kévin obligé de se cacher sous une fausse identité ! Révélations ! Le drame atroce qui l'a obligé à quitter la série en pleine gloire !* »

– Tu as traîtreusement trahi ma confiance ! tonne le metteur en scène en roulant les yeux et les r. Plus jamais tu remets les pieds au théâtre !

Jean-René s'effondre. Il se met à boire. On peut le voir tituber dans les rues du Marais où il possède encore un petit appartement. Une épave ! Un soir, devant une rediffusion d'un épisode de la série dont il a été le héros, il absorbe le contenu de son armoire à pharmacie : somnifères, laxatifs, analgésiques, antibiotiques, tout ce qui tombe sous sa main incertaine… Quand sa femme de ménage le découvre le lendemain matin, il respire à peine. Elle tente de lui faire du bouche-à-bouche – ce dont elle rêvait depuis toujours – et, ne parvenant à rien, appelle les secours. Jean-René est arraché d'extrême justesse à la mort.

Les drogues dont il a abusé, l'alcool, le cocktail de médicaments avec lequel il a tenté de se suicider et son long séjour en hôpital psychiatrique ont profondément altéré ses traits. Jean-René a perdu vingt kilos, la moitié de ses cheveux, il a des poches sous les yeux, des bouffissures, une lueur égarée dans le regard. C'est en contemplant ce désastre dans le miroir qu'une idée lui vient.

Une troupe de province veut monter *L'Avare*. Jean-René auditionne pour le rôle d'Harpagon sous le pseudonyme de Fred Sterling. On lui trouve le physique de l'emploi. Il est engagé…

Tu connais la suite ! La pièce monte à Paris où elle tient l'affiche plus de deux ans ! Un triomphe !… Personne, cette fois, ne l'a reconnu, personne n'a percé sa véritable identité. Kévin est enfin mort et enterré !…

Le nouvel agent de Jean-René croule sous les propositions. Un *Othello* le tente particulièrement. Mais dans la peau du Maure de Venise, Jean-René ne se trouve pas crédible. Il commence à absorber des stéroïdes pour augmenter sa masse musculaire, se fait friser et teindre les cheveux en noir, porte des lentilles qui assombrissent son regard. Il n'est pas encore satisfait et finit par demander à un chirurgien esthétique de lui épater le nez et d'altérer le dessin de sa mâchoire. Le médecin le met en garde : ce sont des modifications irréversibles ! On ne change pas de visage comme on change de costume, monsieur !… Jean-René balaie ces objections et passe sur le billard. Comme il se méfie des fonds de teint que le commerce lui propose, il se fait faire, tous les deux jours, des injections sous-cutanées de mélanine.

La critique est unanime : avant Sterling, personne n'avait jamais incarné Othello avec une telle vérité.

Désormais, le pli est pris. À chaque nouveau rôle, l'acteur change de tête et de corpulence à l'ébahissement du public. Il rafle tous les prix d'interprétation. Jusqu'au jour où son chirurgien dit : Non. Stop. Basta.

– Pourquoi ?

– Parce qu'il y a des limites et que vous les avez atteintes. Si je donne encore un seul coup de bistouri à votre visage, tout va partir en sucette, si vous me passez l'expression.

– Je vois, dit Jean-René froidement.

Il propose alors au chirurgien une somme astronomique que ce dernier refuse.

Jean-René, qui possède maintenant son propre théâtre, veut absolument monter *Cyrano de Bergerac.* Mais impossible de jouer Cyrano avec le nez d'Othello ! Devant la sotte obstination du chirurgien, Jean-René part se faire opérer à Tanger…

Et alors ?…

Alors, il ne jouera jamais Cyrano !…

Au cours des années suivantes, avant de mettre un terme définitif à sa carrière, Jean-René Dournon réussit encore à obtenir quelques petits rôles dans des productions bon marché, des films hâtivement ficelés qui visent un public jeune et peu exigeant. Des films d'horreur où il incarne, sans maquillage, le mort vivant ou la créature monstrueuse échappée du laboratoire du savant fou…

La vengeance du cannibale

Bang!

Le « Ah ! » de Thierry et le « Oh ! » d'Agnès sont étouffés par les airbags. C'est déjà fini. Au milieu du carrefour désert les deux voitures fument doucement dans l'air humide de la nuit.

Agnès et Thierry se regardent. Le choc a été d'une extrême violence mais ils sont indemnes : leurs ceintures de sécurité étaient attachées et les airbags ont rempli leur office.

Thierry ne comprend pas ce qui a pu se passer : il a vu l'autre véhicule une fraction de seconde avant l'impact : une masse jaune surgie de nulle part.

Thierry ouvre sa portière : au lieu du son mat qu'il aimait, elle produit un affreux grincement qui lui serre le cœur. Les dégâts sont considérables : calandre écrasée, phares explosés, capot défiguré, une roue tordue à quarante-cinq degrés. Le moteur aussi a dû en prendre un coup. C'est un désastre.

Thierry constate que si sa voiture est très abîmée, l'autre est méconnaissable. Un tas de ferraille dont il est incapable de déterminer la marque et pourtant il s'y connaît. Agnès le rejoint. Des éclats de verre crissent sous les semelles de ses escarpins. Elle chancelle légèrement. Thierry passe un bras protecteur autour de ses épaules. Elle frissonne.

Il est plus de deux heures du matin. On n'entend que le sifflement léger d'un radiateur crevé. Thierry rassemble son courage et s'approche de l'autre voiture dont le conducteur doit être ratatiné… Une portière dégringole alors à grand bruit et un Noir immense jaillit en gueulant :

– Tu as vu ce que tu as fait ?! Non mais tu as vu ce que tu as fait ?!

Il n'a pas l'air blessé, seulement furieux. Il invective Thierry et ses dents brillent dans l'obscurité. « Un cannibale ! » pense Agnès en frissonnant de plus belle.

– Tu as vu ma voiture ?! Elle est foutue maintenant ! C'est ta faute !

– Pardon, objecte courtoisement Thierry. J'avais la priorité…

Le fait est. Thierry venait de la droite, l'autre a surgi brutalement sur sa gauche sans marquer l'arrêt. La faute est incontestable.

– Absolument, monsieur. Nous avions priorité, confirme courageusement Agnès.

Elle fait corps avec son mari. Le Noir grogne et se met à tourner autour de sa voiture détruite en jurant. Il paraît désormais s'en prendre au destin plutôt qu'à Thierry, et Agnès se détend. Elle a cru un instant que l'autre allait casser la figure à son mari. Thierry a fait un peu de judo dans sa jeunesse, mais face à ce géant, il n'avait aucune chance. Le Noir revient vers eux, très agité :

– Comment je vais faire sans voiture ? Hein ? Comment je vais faire pour aller bosser ?

– Je ne sais pas, moi, dit bêtement Thierry.

Lui aussi va avoir des problèmes. Il pourra, provisoirement, se servir de la petite auto d'Agnès. Mais pas tous les jours ! Le mercredi elle en a impérativement besoin pour emmener Barnabé chez l'orthodontiste qui habite au diable. Sans parler des courses au supermarché et des nombreux services qu'elle doit rendre à sa mère, trop âgée pour conduire. Cet accident stupide va leur compliquer la vie au-delà du possible !

– Espèce de connard ! Pourquoi tu as bousillé ma voiture ?!

Thierry tressaille.

– Monsieur ! Restons courtois, je vous prie !

Remplir un constat avec cet énergumène ne va pas être une partie de plaisir. Sait-il seulement écrire ?…

Une petite voiture apparaît alors avec trois jeunes à bord. Des jeunes très convenables. Ils s'arrêtent à leur hauteur :

– Ça va messieurs dames ? Personne est blessé ? On peut faire quelque chose pour vous ?

Ils viennent examiner les voitures abîmées. Ils hochent la tête, impressionnés. Le grand Noir les prend à témoin. Il répète en désignant Thierry d'un index accusateur :

– Il a bousillé ma voiture ! Comment je vais faire pour aller bosser ?!… Hein ?! Comment je vais faire ?!

Les jeunes évitent de prendre parti. Thierry parvient à en attirer un à l'écart :

– Ce type est très agressif. Ma femme n'est pas rassurée. Si vous pouviez appeler discrètement les flics…

Le jeune fait signe qu'il a compris. Il s'éloigne pour téléphoner avec le portable que Thierry lui a subrepticement glissé dans la main. Le Noir s'est remis à tourner autour de l'épave en levant les bras au ciel. Féru de documentaires ethnologiques, Thierry croit y voir une sorte de rituel primitif : la danse de mort du véhicule hors d'usage.

– Drôlement chargé, le mec ! fait observer un des jeunes.

Thierry n'y avait pas pensé. Herbe ou alcool, le Noir n'est pas dans son état normal. Ce qui explique cet accident inepte au milieu d'un carrefour désert. La police va le soumettre à un alcootest et tout sera dit. Thierry est alors frappé par une pensée désagréable : le dîner chez Yves Banestier a été pas mal arrosé. Il a éclusé quatre ou cinq verres d'un excellent vin. Et du champagne à l'apéritif. C'est trop ! Agnès a dû boire autant que lui, inutile de prétendre que c'est elle qui tenait le volant.

Le jeune revient vers lui avec une mine de conspirateur. Il lui rend son téléphone et murmure :

– Ça y est ! Je les ai prévenus, ils sont en route…

– Merci, chuchote Thierry.

Il s'approche d'Agnès qui est revenue s'asseoir dans la voiture, à l'abri du froid :

– Les flics arrivent !

Un sourire éclaire son visage. Enfin ! Tout va s'arranger. Elle est sûre de son bon droit. Elle prend la main de Thierry et la presse entre les siennes. Ils se sourient. L'épreuve, déjà, les rapproche.

On entend une sirène approcher. Le Noir sursaute, brandit le poing, lance des imprécations. Une voiture pie vient s'immobiliser à la hauteur des véhicules accidentés. Trois gardiens de la paix en descendent : deux hommes et une femme. Comme les jeunes avant eux, ils s'approchent des voitures en silence. Le Noir les prend aussitôt à parti :

– Vous avez vu ?! Cet abruti a bousillé ma voiture ! Comment je vais aller bosser demain matin ?! Hein ? Comment ?!

– Calmez-vous, monsieur, lui dit la femme. Ça ne sert à rien de crier.

Thierry exulte intérieurement. Il vient de marquer un point. S'il la joue calme et responsable, à l'inverse de l'autre exalté, on ne lui demandera peut-être pas de souffler dans le ballon.

– Si votre bagnole était foutue, vous aussi on vous entendrait crier ! bougonne le Noir, non sans à-propos.

Les deux autres flics se sont approchés de la voiture de Thierry. Ils l'examinent et lui demandent sa version des faits. En quelques mots, Thierry expose la situation. Il s'exprime clairement et sans emphase, comme s'il était en réunion avec ses collègues. Un peu plus loin, il voit la femme flic discuter avec le grand Noir qui pointe sans cesse un index vengeur dans sa direction.

– Moi, ça me paraît clair, dit un des flics. Refus de priorité.

L'autre corrobore :

– Et probablement une vitesse excessive, ajoute perfidement Thierry.

Un des flics dit :

– C'est exact ! Regarde comme elles ont rebondi sous le choc, les bagnoles ! Elle roulait au moins à 70, 80, la jaune !

L'autre retourne à sa voiture pour donner des instructions à la radio. Ils examinent longuement les traces de pneus sur la chaussée, prennent des mesures à l'aide d'un mètre à ruban et quelques clichés avec un appareil numérique.

La femme flic essaie toujours de calmer le Noir qui gesticule de plus en plus. Elle appelle ses collègues à la rescousse.

Brusquement le carrefour s'anime : deux dépanneuses arrivent simultanément, suivies d'un véhicule de la voirie et d'une voiture banalisée, gyrophare sur le toit. Les véhicules accidentés sont dégagés, le carrefour nettoyé, et le Noir emmené menottes aux poignets par deux policiers en civil : il a refusé de se soumettre à l'alcootest et insulté les forces de l'ordre. Il est en garde à vue, on l'emmène à l'hôpital pour une prise de sang.

Du banal accident de la circulation on est passé à la procédure judiciaire.

Il est près de quatre heures du matin quand un taxi dépose Agnès et Thierry devant chez eux. Ils ont l'impression de rentrer d'un long voyage à l'étranger, dans un pays hostile. Ils retrouvent leur belle maison avec soulagement. Barnabé dort paisiblement en travers de son lit. Agnès pose un baiser léger sur sa tignasse ébouriffée et se retire sur la pointe des pieds.

Thierry n'arrive pas à trouver le sommeil. Dès qu'il commence à s'assoupir, il entend le « Bang ! » de l'accident. Il sursaute, son corps se couvre de sueur. À six heures du matin, n'en pouvant plus, il avale deux cachets de somnifère. À huit heures moins le quart, il est secoué sans ménagement par Barnabé qui brandit le téléphone sans fil :

– P'pa ! Quesse tu fous, t'es pas levé ! Un mec. Pour toi !

Trop comateux pour corriger le vocabulaire et la syntaxe de son fils, Thierry prend l'appareil.

– Vous êtes bien monsieur Bouna N'Gomolé ?!

– Certainement pas !

– Vous êtes sûr ?!

– Même à huit heures du matin, après une nuit de cauchemar, je sais encore comment je m'appelle !

– Oh, excusez ! reprend son interlocuteur. Je lisais la mauvaise ligne… Vous, vous êtes Thierry Delhomme, c'est bien ça ?

C'est un certain lieutenant Diplowsky de la police judiciaire. Il invite Thierry à venir déposer dès que possible à son bureau.

– Déposer quoi ? demande Thierry, encore hagard.

– Cela signifie faire une déposition, monsieur… Suite à votre accident de la nuit dernière…

Dans la cuisine, Thierry trouve Barnabé le nez dans son bol de céréales et la radio à fond. Il va baisser le son et déclare :

– Tu sais que tu as failli te réveiller orphelin ?

– Hein ?

– On a eu un grave accident en rentrant de chez les Banestier. La voiture est fichue !

– C'est pas vrai !

– Si. On l'a échappé belle !

– T'étais bourré ?

– Barnabé ! Je t'en prie !

– Quoi ? Je le connais, ton pote Banestier ! Il picole sévère !

Renonçant à expliquer à Barnabé que Banestier n'est pas son « pote », mais un ami de longue date et qu'il ne faut pas confondre « picoler » et apprécier le bon vin, Thierry fait à son fils le récit de l'accident. Barnabé devient tout pâle. Avant de partir au lycée, il embrasse maladroitement son père.

– Je suis content que vous ayez rien, tous les trois !

– Tous les trois ?

– Ben maman, toi et le grand Black.

Thierry apprécie très moyennement d'être fourré par son propre fils dans le même sac que le responsable de l'accident.

Bouna N'Gomolé est né à Dakar en 1975. Il est père de quatre enfants et vit à Clécy-sous-Bois. Il est employé comme cariste dans une entreprise de surgelés, à La Garenne-l'Étang. Thierry comprend pourquoi, la veille, le pauvre type répétait sans cesse : « Comment je vais faire pour aller bosser ? » De Clécy à La Garenne, il faut au minimum deux heures en voiture, près du double avec les transports en commun…

– Vous-même, madame, vous êtes styliste, et votre mari est PDG, c'est bien ça ?… se fait préciser le lieutenant Diplowsky qui a pris leur déposition.

– DG, corrige Thierry. Seulement DG.

Le lieutenant est un quadragénaire chauve et désabusé, habillé sans élégance. Il sent le tabac et la lotion après-rasage bon marché. Il a tout de suite été antipathique à Thierry.

Le regard las du policier va d'Agnès à Thierry. Ils se sentent un peu mal à l'aise.

– Vous souhaitez vraiment porter plainte contre Bouna N'Gomolé ?

– Il était ivre ! rétorque Agnès.

– Zéro gramme neuf d'alcool dans le sang, soupire le lieutenant.

– Si notre voiture avait été moins solide, nous serions peut-être morts, ou gravement blessés à l'heure qu'il est !

– C'est indéniable, madame.

– Il roulait comme un fou, il a brûlé la priorité. On ne peut pas laisser passer ça ! Tu n'es pas de mon avis, Thierry ?

Thierry se demande fugacement combien d'alcool il avait lui-même dans les veines. Il répond néanmoins à sa femme :

– Si, si. Je suis tout à fait d'accord avec toi.

Sans chercher à masquer sa réprobation, le lieutenant Diplowsky leur tend son stylo et les invite à signer la plainte qui conduira Bouna N'Gomolé devant le juge.

Dix jours plus tard, Thierry roule au volant d'une nouvelle berline ; deux mille cinq cents kilomètres au compteur, « une occasion pratiquement neuve ! » a déclaré textuellement le concessionnaire. À quelques centaines d'euros près, le chèque de l'assurance couvrira la dépense.

Thierry, pourtant, n'est pas aussi serein qu'il devrait l'être. Ses pensées vont sans cesse à Bouna N'Gomolé qu'il imagine aux petites heures froides du matin, serré dans la foule du train ou de l'autobus, courant à travers les avenues rectilignes de la zone industrielle pour arriver à l'heure à son travail. A-t-il encore un travail d'ailleurs ? Certaines entreprises sont impitoyables : trois retards consécutifs et c'est la porte ! Bouna a quatre enfants. Comment va-t-il les nourrir s'il perd son emploi ? Le petit lieutenant avait raison, songe Thierry, assailli de remords tardifs : si nous n'avions pas porté plainte, le grand Noir aurait conservé son permis. Il se serait certainement débrouillé pour acheter une nouvelle auto…

Thierry est tellement obsédé par cette histoire qu'il répond « Bouna ! » à une question qui lui est posée en plein conseil d'administration. Son collègue Gauchard rattrape habilement la gaffe : « Excusez monsieur Delhomme, il a été récemment victime d'un grave accident de voiture… Il est encore sous le choc… »

À la sortie du conseil, Gauchard le tance : « Si tu es fatigué, prends un congé ! Mieux vaut un DG souffrant qu'un DG déconnant ! »

Gauchard a raison. Thierry va consulter son médecin qui diagnostique un léger surmenage et lui prescrit des antidépresseurs.

Même en doublant la dose prescrite, les cachets ne lui apportent aucun soulagement. Thierry dort de plus en plus mal. Il maigrit. Agnès finit par s'en alarmer et Thierry lui confie son tourment :

– Je pense à ce type sans arrêt.

– À quel type ?

– Bouna. Bouna N'Gomolé.

– Oh… Moi aussi, j'y pense, avoue Agnès après un temps.

Thierry remarque alors à quel point les yeux de sa femme sont cernés. Ses cheveux ont perdu leur éclat, ses ongles sont écaillés, rongés.

– Je m'en veux, tu sais ! On n'aurait pas dû porter plainte !

– Je sais. Il est trop tard, maintenant…

Agnès soupire.

– Tout de même. Il était soûl.

– Nous aussi !…

– Un peu moins quand même.

– Qu'est-ce qu'il va devenir s'il tombe au chômage ? s'inquiète Agnès. Tu ne pourrais pas lui trouver quelque chose dans ton entreprise ?

– Il n'aurait pas les qualifications ! Chez nous, même le gardien de nuit a bac + 4 !

– On devrait peut-être lui envoyer un peu d'argent pour le dépanner ?

– Non, non ! Trop risqué ! Après, il nous en réclamerait sans arrêt, on ne s'en sortirait plus !

La culpabilité qui ronge sourdement Agnès et Thierry Delhomme se mue progressivement en paranoïa : ils ont détruit la vie du Noir, le Noir pourrait bien détruire la leur ! Œil pour œil, dent pour dent !

C'est tellement facile quand on y songe : Bouna pourrait agresser Agnès n'importe où, enlever Barnabé sur le chemin du lycée, arroser la maison d'essence et y mettre le feu pendant leur sommeil…

Aussi Thierry décide-t-il, en accord avec Agnès, d'avoir recours aux services d'un détective privé. Le bonhomme les déçoit : il ne porte ni trench-coat ni chapeau mou, il ressemble à un retraité des Postes. Mais il a l'air sérieux et compétent. Il se fait raconter l'affaire en détail, prend des notes, et finit par proposer à Thierry de faire suivre Agnès et Barnabé par ses agents pendant une dizaine de jours, de monter une garde discrète autour de leur domicile. Si Bouna N'Gomolé les épie dans l'ombre, ainsi qu'ils en sont persuadés, on le découvrira et on prendra les mesures qui s'imposent. Thierry donne son feu vert à l'opération pour laquelle il débourse près de dix mille euros.

Trois jours plus tard, Barnabé revient du lycée très inquiet.

– Je voudrais pas vous affoler, mais je crois qu'il y a des types qui me suivent !...

Il écarte le rideau et montre à ses parents une voiture noire qui stationne en face de la maison.

– Tiens ! Les deux, là, dans la grosse bagnole ! Ils m'ont pas lâché d'une semelle. Faut prévenir les flics !

Agnès soupire, Thierry explique :

– Barnabé... J'aurais préféré te tenir à l'écart de cette histoire, mais voilà : nous sommes menacés !

– Menacés ? Par qui ?

– Par Bouna N'Gomolé.

– C'est qui, ça ?

– L'homme avec lequel nous avons eu notre accident, le mois dernier.

– Et pourquoi il nous menacerait ? C'est pas votre faute, non ?

– C'est plus compliqué que ça, Barnabé. Bouna N'Gomolé a sans doute tout perdu à cause de cette histoire ! Il nous en rend responsables ! Il va chercher à se venger !

– T'es sûr ?

– Quand tu connaîtras, comme nous, la nature humaine, tu comprendras que c'est évident !

Barnabé regarde tour à tour son père et sa mère. Il remarque alors leurs traits tirés, leur teint brouillé, et surtout cette lueur égarée au fond de leurs yeux. De fait, l'ambiance de la maison a sérieusement changé depuis l'accident : ses parents ne rient plus, ils ne plaisantent plus, ils sursautent au moindre bruit… Un grand froid saisit Barnabé : il a toujours redouté de les voir tomber malades un jour, mais jamais il n'avait envisagé qu'ils pussent sombrer dans la folie…

Thierry engueule le détective : Bouna N'Gomolé n'est pas un imbécile ! Il n'aura pas manqué de remarquer la surveillance pataude dont les Delhomme sont l'objet, il va se méfier, disparaître, attendre son heure.

Pour dix mille euros supplémentaires, le détective équipe alors les abords de la maison de caméras vidéo sophistiquées dont les images sont quotidiennement et minutieusement examinées. Aucun personnage suspect ne rôde autour du domicile des Delhomme, ni Blanc ni Noir. Personne ne suit Agnès ou Barnabé.

Le détective finit par suggérer à Thierry d'arrêter

les frais et, sans le dire clairement, l'engage à consulter un psychiatre.

Thierry néglige ce sage conseil. Il continue de vivre dans la peur. L'air lui semble chargé en permanence d'une sourde menace. Il dort de plus en plus mal, multiplie les bourdes et les oublis au point que Gauchard ne se gêne pas pour raconter partout qu'il n'est plus en mesure de conserver son poste de DG.

Un matin, devant le miroir, en constatant qu'il perd ses cheveux par poignées, une illumination lui vient ! Quel imbécile il a été avec son détective et ses caméras ! Bouna N'Gomolé s'est vengé avec d'autres armes, autrement plus pernicieuses ! Un peu sorcier, comme tous les Africains, il leur a jeté un sort ! Il imagine très bien le grand Noir plantant chaque soir des clous et des aiguilles dans des statuettes grossières, à leur image.

Agnès adopte aussitôt son point de vue : seules des pratiques maléfiques peuvent expliquer l'état d'angoisse et de fébrilité dans lequel elle vit depuis l'accident, en dépit des nombreux cachets qu'elle avale. Contre la magie, un seul remède : la magie !

Agnès et Thierry se rendent chez un mage recommandé par leur ami Banestier, un spécialiste en sciences occultes, qui, dit-on, conseille efficacement plusieurs chefs d'entreprise. À nouveau, ils sont déçus : pas plus que le détective, le mage Ulpien n'a le physique de l'emploi. Son costume de tweed et son teint rubicond lui donnent l'allure d'un vieux professeur d'anglais.

Le mage leur délivre un véritable cours sur les pratiques animistes, la sorcellerie en Afrique, et le vaudou en Haïti. Puis il s'attaque au désenvoûtement proprement dit.

– Chez moi, prévient-il, pas de rituels ésotériques, pas de mise en scène grand-guignolesque, pas de poudre aux yeux ! Seules les forces de l'esprit sont à l'œuvre... Et ces forces sont invisibles...

Après avoir pris entre les siennes la main gauche de Thierry et la droite d'Agnès, le mage se concentre : il ferme les yeux, son vaste front se creuse de rides profondes, les ailes de son nez palpitent.

– Vous sentez ? leur demande-t-il.

– Quoi donc ?...

– Vous sentez les forces du Mal quitter votre corps ?

Agnès et Thierry échangent un bref regard : ils ne sentent absolument rien. Le mage annonce alors que la séance est terminée. Il leur réclame mille euros, en liquide, et les invite à revenir la semaine suivante pour la suite du traitement.

Mécontents d'avoir été victimes d'un charlatan, Agnès et Thierry décident alors de prendre le taureau par les cornes et Bouna N'Gomolé par les sentiments. Il faut crever l'abcès, d'une manière ou d'une autre !

Ils se rendent à Clécy-sous-Bois et parviennent à repérer la barre d'immeubles dans laquelle habite leur tortionnaire. Thierry roule au ralenti, sursautant chaque fois qu'il aperçoit un visage noir. Son étrange manège et sa belle voiture ne manquent pas de provoquer l'hostilité des jeunes à casquette qui traînent en bande au pied de chaque escalier. On leur fait des bras d'honneur, on leur montre le doigt, on les insulte. Thierry s'éloigne avant que les premières bouteilles n'explosent sur le pare-brise…

Un soir, en revenant du lycée, Barnabé découvre sa mère étendue sans connaissance sur le carrelage de la salle de bains. Il appelle aussitôt les pompiers. Agnès reprend conscience à l'hôpital : elle a absorbé quelques cachets de trop, son organisme épuisé n'a pas résisté. On lui prescrit un repos absolu et surtout, pas de stress !

Thierry décide alors d'en finir avec cette histoire. Il en va, désormais, de la santé, de la vie de sa femme !

Agnès est soignée dans un établissement haut de gamme. Le service est digne d'un palace, sa chambre donne sur un parc planté d'arbres centenaires où une brigade de jardiniers s'active autour des massifs et des plates-bandes.

Les médecins ont insisté sur la nécessité de recréer, autour de la malade, un climat familial sécurisant, aussi Barnabé vient-il voir sa mère tous les jours, après le lycée. Il la trouve généralement installée dans son fauteuil, près de la fenêtre. Parfois, elle lit un magazine. Le plus souvent, elle regarde le ciel, une expression morne sur le visage. Les jours passent sans apporter de réelle amélioration à son état.

« Votre maman va beaucoup mieux depuis hier ! » annonce gaiement l'infirmière quand Barnabé arrive pour sa visite quotidienne. Il entre dans la chambre. Sa mère s'est assoupie. Il constate, en effet, que son teint est plus rose et ses cheveux plus brillants. Le journal qu'elle lisait a glissé par terre, ouvert à la page des faits divers. Barnabé le ramasse et s'apprête à jeter un coup d'œil à l'actualité sportive quand un nom attire son attention : Bouna N'Gomolé.

Barnabé lit : *Drame à Clécy-sous-Bois : Bouna N'Gomolé, un chômeur d'origine sénégalaise, père de quatre enfants, a trouvé la mort vendredi soir vers vingt-deux heures dans un bar de l'avenue Jean-Jaurès. D'après les témoins, un individu âgé d'une trentaine d'années est entré dans l'établissement aux alentours de vingt et une heures. S'exprimant avec un fort accent slave, l'homme a prétendu avoir reçu mille euros d'un inconnu pour assassiner monsieur Bouna N'Gomolé. Devant un public stupéfait, il a vidé le chargeur de son arme dans la poitrine de sa victime avant d'éclater en sanglots. L'assassin, un immigrant clandestin du nom de Grichka Sorianov, a été dirigé vers un établissement psychiatrique sous contrôle pénitentiaire.*

Barnabé repose le quotidien et regarde sa mère. Elle est à nouveau telle qu'elle a toujours été, telle qu'il l'a toujours connue : le visage apaisé, un doux sourire aux lèvres.

Sachant quel a été le prix de sa guérison, Barnabé, lui, ne sera plus jamais le même…

Fins limiers

J'étais allongé peinard derrière la maison, à l'ombre des grands pins, quand Filochard est venu m'arracher à ma sieste. Manifestement, il avait couru tout le long du chemin, il avait l'air très agité.

– T'es au courant pour les Suisses ? il a lancé.

– Les Suisses ? Quels Suisses ?

– Ceux qui louent chez madame Ferraud.

Je les avais aperçus deux ou trois fois dans leur grosse berline. Des gens originaires du canton de Glaris, d'après la plaque minéralogique. Autant dire le trou du cul de la Suisse. Le papa, la maman et leurs deux grandes filles.

Les parents affichaient une cinquantaine prospère et un petit air content de soi. Les filles, c'était une autre paire de manches ! La plus jeune avait un look anorexique, un regard traqué et des problèmes d'acné. L'aînée donnait carrément dans le gothique : des bouts de ferraille un peu partout sur le visage, un maquillage charbonneux, façon Halloween, et une paire d'écouteurs vissés en permanence sur les oreilles. Habillée de noir des pieds à la tête. C'était marrant de penser qu'une fois l'adolescence passée, l'une et l'autre ressembleraient inéluctablement à leur mère, si rose, si replète…

– Il se passe quoi avec les Suisses ? j'ai demandé.

– Leur fille a disparu !

– Laquelle ?

– Celle qui a toute cette quincaillerie sur la tronche.

– Mais disparu… ?

– Disparue, envolée, perdue ! Pfuiiit !

– Tu déconnes ?

– Je passais devant la maison de la presse, j'ai tout entendu !

– Elle a disparu à la maison de la presse ?

Filochard m'a jeté un regard torve. Son sens de l'humour est un peu limité.

– Les Suisses, a-t-il repris, sont partis se balader en

fin d'après-midi le long du GR 97. La gamine traînait cent mètres derrière les trois autres, comme elle fait toujours, histoire de se singulariser, probablement. Au bout d'une heure, les parents et la petite sœur se retournent : plus personne ! Sur le coup, ils s'affolent pas, ils pensent qu'elle a rebroussé chemin sans leur dire, qu'ils la retrouveront à la maison ; les balades en famille, la nature, tout ça la gonfle souverainement !

– Comment t'es au courant, toi ?

– Simples supputations de ma part… Mais je dois être dans le vrai. Les Schwimmer se promènent donc encore une petite heure…

– Ils s'appellent Schwimmer ?

– C'est ça. Ils reviennent tranquillement au village et là, mauvaise surprise, leur fille n'est pas à la maison. Monsieur Schwimmer va jeter un coup d'œil au bar-tabac, à la boulangerie… Pour autant que les commerçants comprennent ce qu'il leur demande dans son mauvais français et que le Suisse comprenne leurs réponses, personne l'a vue, la gamine. Alors monsieur Schwimmer se rend à la maison de la presse parce que le patron parle l'anglais et même un peu d'allemand ; pas celui qu'on cause dans le canton de Glaris, mais bon, ils arrivent à peu près à dialoguer.

Le soir commence à tomber, et même si le Lubéron c'est pas les Grandes Jorasses, passer la nuit dehors c'est pas la joie pour une ado égarée. « Faut alerter la gendarmerie ! » conseille le gars de la maison de la presse. Mais ce jour-là, pas de chance, les gendarmes sont mobilisés par un forcené, un alcoolique notoire qui s'est barricadé chez lui avec une caisse de pastaga, une carabine et assez de munitions pour tenir un siège ; il menace de tirer le perdreau à vue et de se faire sauter le caisson ensuite si on ne lui rend pas ses enfants que le juge a éloignés précisément pour les mettre à l'abri des violences de leur père !

– Comment tu sais tout ça ?! Tu lis pas les journaux, quand même ?!

– J'ai des oreilles pour écouter ! a rétorqué dignement Filochard.

Il s'est éclairci la gorge et a repris :

– Bref, quand les gendarmes sont enfin arrivés, il faisait nuit noire. Quelques-uns sont allés explorer le départ du GR dans l'espoir que la gamine ait eu la bonne idée de rester sur place à attendre les secours, mais ce n'était pas le cas. Ils ont alerté les villages alentour, supposant qu'elle avait pu se tromper de direction et redescendre sur Cheval-Blanc, voire même sur Oppède. Après avoir vu une photo de la disparue, le capitaine qui dirigeait l'opération a demandé aux parents s'ils avaient envisagé la fugue. Tout ça dans un laborieux mélange d'anglais, d'allemand et de français, tu vois le travail. « *Nein, nein !* a dit la mère avec son accent à couper au couteau. Ein vugue, che grois bas bossible ! » La petite sœur n'avait pas l'air du même avis que sa maman, mais personne ne s'est donné la peine de l'interroger. Sans compter le barrage des langues. Les gendarmes ont passé le mot à leurs collègues motards, des fois qu'ils apercevraient une jeune fille gothique agitant le pouce au bord d'une départementale... Quand le jour s'est levé, on n'avait rien trouvé. Les parents ont commencé à flipper sérieusement et un type du consulat suisse est monté de Marseille pour soutenir la famille Schwimmer et faire l'interprète. Le préfet a été informé de l'affaire. Il a une fille du même âge, il a pris l'affaire à cœur. Il en va de l'avenir du tourisme dans la région ! On a décidé de mobiliser les grands moyens. On attend l'hélico. Ils veulent organiser une battue, avec des chiens…

– Les chiens… C'est donc là que tu voulais en venir !

Il a acquiescé.

– Imagine qu'on la retrouve, la gamine ! il a repris avec fougue. Qu'on la retrouve avant eux ! Hein ? On est sûrs de faire la une de *La Provence* ! Peut-être même les infos régionales ! T'aimerais pas passer à la télé, toi ?

– L'ambition te perdra, Filochard !

– Allez ! J'ai besoin de toi sur ce coup ! T'es le meilleur, tu le sais bien !

Ma modestie souffre de devoir rapporter de tels propos. En fait, Filochard fait allusion à un événement vieux de trois ans : le jour où je suis parvenu à faire échouer un cambriolage ! Je n'ai pas sauté à la gorge des voleurs, je ne suis ni assez téméraire ni assez baraqué. Je me suis contenté de cavaler jusqu'au village pour donner l'alerte. Le garde champêtre et quelques autres sont arrivés à temps pour faire décamper les malfaiteurs. Depuis cette histoire, je passe pour une sorte de héros auprès de mes copains. Le type qui sait comment réagir dans des circonstances exceptionnelles. À quoi tiennent les réputations…

Filochard me regardait d'un air suppliant. J'ai craqué.

– OK, j'ai dit. On y va!

On est partis vers la montagne. L'air était doux. Il embaumait le thym, la résine, la mélisse, le genévrier et quantité d'autres essences enivrantes dont j'ignore les noms. Grossie par les pluies de la semaine précédente, la Durance dessinait un ruban étincelant dans la plaine, et les Alpilles, toutes bleues à l'horizon, se donnaient des allures d'Himalaya.

À mi-côte, on a repéré les fumées d'un lièvre, mais on a résisté à la tentation : on était là pour chercher une enfant disparue, pas pour chasser. Filochard s'est arrêté pour pisser sur une belle touffe d'euphorbe, je me suis contenté de la souche d'un vieil olivier.

– On va voir si les clébards des gendarmes sont capables de suivre une piste dans la garrigue, a ronchonné mon copain.

– C'est des pros, non?

– Pour renifler le Semtex et le cannabis, je dis pas, ils sont entraînés. Mais là, c'est une autre affaire, il faut vraiment du nez, de l'intuition, de la subtilité…

Les chiens policiers, il ne peut pas les sacquer, Filochard. Il ne rate jamais une occasion de se foutre de leur gueule, ce qui est assez perfide sachant qu'ils ont interdiction absolue de répliquer aux insultes ou aux provocations. D'ailleurs, en général, ils sont muselés, les pauvres.

– Au fait ? Une jeune gothique suisse, ça sent comment ? j'ai demandé.

– Moitié patchouli, moitié tabac, a-t-il répondu avec assurance. C'est le genre de gamine à cloper en cachette.

Il n'avait probablement pas tort. Tout en montant vers le GR, nous avons spéculé sur les causes de sa disparition. Accident ? Coup de bluff ? Chantage affectif ? Les ados sont capables de tout ! affirme Filochard qui en compte trois dans son entourage immédiat.

Nous étions à une centaine de mètres du GR quand l'hélicoptère a surgi. Je déteste le vacarme que produisent ces machins-là ! Il est passé très bas. On distinguait un homme armé de jumelles à côté du pilote. L'appareil est resté quelques secondes en vol stationnaire avant de piquer vers le nord.

Filochard a fini par me persuader que la gamine se planquait quelque part. Ce ne sont pas les grottes qui manquent dans le coin. Elle ressurgirait quand l'envie lui en prendrait, ou quand la faim la tenaillerait, satisfaite d'avoir emmerdé ses parents et connu son petit quart d'heure de célébrité. On a donc décidé de suivre chacun une trajectoire en forme d'hélice, parallèlement au chemin. Histoire de ratisser aussi large que possible, vous voyez ? Ça n'a rien donné de concluant. Au bout d'une heure, on a entendu les aboiements des chiens des gendarmes qui montaient par l'ancienne carrière.

– Bon. C'est foutu ! a soupiré Filochard.

– Je croyais qu'ils étaient trop cons pour trouver la moindre piste !

– Oui, bon, tu sais bien ce que je veux dire…

On a fait demi-tour, surveillant du coin de l'œil et de l'oreille l'avance des gendarmes et de leurs clebs pour être certains de ne pas les croiser. C'est comme ça qu'on est arrivés dans les ruines du vieux village, un endroit très tranquille, avec une vue panoramique et pas mal de terriers. Filochard s'est mis à fureter un peu partout tandis que je m'installais sur une grosse pierre plate avec la ferme intention de reprendre la sieste que je n'aurais jamais dû interrompre.

– Hé ! Viens voir ça ! a crié Filochard alors que je m'assoupissais.

– Quoi encore ?

– Viens, je te dis !

Je suis allé le rejoindre. Il se tenait au bord d'une profonde excavation, à l'endroit où s'élevait, autrefois, le donjon. Les fouilles y sont théoriquement interdites mais il se trouve toujours un curieux pour s'armer d'une pelle et d'une pioche et creuser un peu. Le Loto, ça ne leur suffit pas : les gens rêvent toujours de trésors enfouis.

– Si c'est pas malheureux ! a dit Filochard.

Je n'ai vu, d'abord, qu'un tas de chiffons noirs. Et puis, en y regardant de plus près, je me suis rendu compte qu'il s'agissait d'un corps. Le corps d'une jeune fille…

Le vent a brusquement tourné et je me suis pris l'odeur de la mort en pleine gueule ! On s'est mis à hurler pour attirer du monde…

Croyez-le ou pas, non seulement personne ne nous a remerciés, mais en plus les gendarmes nous ont chassés. À coups de pied, les salauds ! « Dégagez ! » ils gueulaient.

« Dégagez ! » Forcément. Ils étaient vexés à mort qu'on ait trouvé la disparue avant eux.

– Au temps pour la une et le JT ! j'ai fait observer à Filochard.

Il n'a rien répliqué.

Autour de l'excavation il y avait foule. Les gendarmes, bien sûr, des hommes vêtus de combinaisons blanches venus spécialement s'occuper du corps et faire des prélèvements, plus toutes sortes de personnages officiels, la cravate triste et la mine soucieuse. Sans parler des journalistes et des curieux qu'on tentait de maintenir à distance.

M. Schwimmer est arrivé, escorté par le type de l'ambassade. Il était très pâle, le visage fermé. Il a jeté un bref regard au fond du trou avant de détourner la tête. Pour repartir, il a dû s'appuyer sur l'épaule de l'attaché consulaire. Tout le monde s'est tu. On n'entendait que le sifflement ténu du vent et le cri des grèbes du côté de la Durance. Perdre un enfant de cette manière, ça ne devrait arriver à personne. La mère et la sœur de la jeune morte ne sont pas venues. Le spectacle aurait sans doute été trop affreux pour elles.

Les Schwimmer ont quitté le village le lendemain. Ils ont encore passé plusieurs jours entre Avignon et Marseille pour les formalités ; mourir à l'étranger, c'est toujours compliqué. À plus forte raison quand ce n'est pas de mort naturelle.

L'enquête des gendarmes s'est tout de suite orientée vers Pierrot. Pierrot, c'est le marginal de service, le suspect idéal, le bouc émissaire désigné. Des gars dans son genre il y en a un par village, c'est statistique. Lui, il est resté figé dans le passé comme l'œuf mollet dans la gelée. Du côté de 1968 pour être précis. Il porte les cheveux aussi longs qu'à l'époque, sauf qu'ils sont devenus tout blancs. Ses dents, elles, sont grises et il ne lui en reste pas beaucoup. Été comme hiver il est vêtu d'un cuir éraillé, de jeans et de bottes informes. Il habite une caravane moisie, posée sur des parpaings à la lisière d'un terrain dont il est propriétaire, au grand dam de ses voisins qui trouvent que ce vieux beatnik fait tache dans le paysage bien peigné où ils ont bâti leurs résidences secondaires. Personne ne sait précisément de quoi vit Pierrot. On est enclin à imaginer le pire, forcément…

Les gendarmes ont déboulé chez Pierrot pour s'enquérir de l'emploi de son temps depuis l'arrivée des Schwimmer et lui agiter sous le nez une vieille histoire d'attentat à la pudeur qu'il croyait enterrée. Il a passé de sales moments. Seulement, quand le rapport d'autopsie est arrivé, les gendarmes ont vu s'effondrer leur belle théorie : personne n'avait violenté la petite Ilse. Elle était vierge. Et à l'heure de sa mort, Pierrot tapait paisiblement le carton dans l'arrière-salle du bar-tabac, plus de huit personnes pouvaient en témoigner.

C'est donc la thèse de l'accident qui a été retenue. *La jeune Ilse,* a écrit l'envoyé spécial de *La Provence, s'est laissé distancer au cours de la promenade familiale. Volontairement ou non, on ne le saura jamais. Elle a probablement parcouru deux ou trois kilomètres dans une mauvaise direction avant de prendre conscience de son erreur. Le soir tombait. Sans doute a-t-elle alors reconnu, dans le crépuscule, la silhouette caractéristique des ruines du donjon qui domine Mérindol. Quand elle y est parvenue, il faisait nuit noire. Elle n'a pas vu l'excavation dans laquelle elle a fait une chute de plus de quatre mètres, se brisant les vertèbres cervicales, le bassin et les deux jambes. Une plainte contre X a été déposée par M. et Mme Schwimmer pour homicide par imprudence, considérant qu'un arrêté municipal interdit les fouilles dans le vieux village.*

Inutile de vous préciser que l'archéologue amateur, criminel malgré lui, ne s'est pas fait connaître.

Environ un mois après cette histoire, je traînassais avec Filochard quand on est tombés sur notre copain Max. On a évoqué les événements qui venaient d'agiter le village.

– Il a quand même eu chaud aux fesses, le Pierrot ! a fait remarquer Filochard.

– C'est sûr. Le pire, c'est que s'ils l'avaient foutu en taule, j'aurais rien pu faire pour l'aider ! a dit Max. Pourtant, je la connais, moi, la vérité. Je me baladais pas loin du GR quand le drame est arrivé. J'ai tout vu !

Nous l'avons pressé de raconter. Il ne s'est pas fait prier.

– Les Suisses, ils m'ont intrigué dès leur arrivée. Tellement mal assortis ils étaient !... Le père, vous vous souvenez ? Belle figure de notable ! La paupière alourdie par les certitudes, la bedaine distendue par les repas d'affaires, la cervelle baignant dans le conformisme… La mère ! Quatre-vingts kilos de chair flasque ! Une permanente aussi indestructible que la monnaie nationale ! Pas la méchante femme, dans le fond. Juste un monument de sottise… Ces braves gens se sont quand même débrouillés pour faire deux enfants ; à mon avis, c'est la seule chose qui plaide en leur faveur ! Quant aux filles !… Le schéma était clair : l'aînée avait commencé à secouer sérieusement le joug que ses parents faisaient peser sur elle. Ses piercings étaient comme autant de coups de canif – ou devrais-je dire de couteau suisse ?! – dans le contrat moral qui lie un gosse à ses vieux. Son allure endeuillée disait sa douleur d'être née de ces deux gros là, avec lesquels elle ne se sentait pas la moindre affinité.

– C'est beau comme tu dis tout ça ! s'est exclamé Filochard.

– La plus jeune, a poursuivi Max, avait manifestement loupé le coche de la révolte. Ou alors ses vieux l'avaient récupérée à temps. Interdiction de faire comme ta sœur ! Une dégénérée dans la famille, c'est amplement suffisant ! Pour chaque piercing d'Ilse, pour chaque provocation, pour chaque dispute, elle faisait éclore un affreux bouton… Sa colère, ses frustrations, ses angoisses explosaient en geysers de pus !

– Arrête ! Tu vas nous faire gerber !

– Dis-nous plutôt ce qui s'est passé sur le GR !

– Je n'ai pas tout compris parce qu'ils parlaient dans leur drôle de langue, mais monsieur Schwimmer paraissait très en colère contre Ilse. Il gesticulait et n'arrêtait pas de se retourner vers elle pour l'invectiver. Elle, elle était comme d'habitude, trente pas derrière, ses écouteurs sur les oreilles, et un petit air de s'en foutre qui donnait envie de la gifler. De temps à autre madame Schwimmer murmurait quelque chose d'un ton las, sans doute dans l'espoir de faire cesser les vociférations de son mari.

– Et la petite sœur ?

– Elle marchait dans le sillage de sa mère en regardant ses pieds. Un modèle de résignation. Oh ! Un truc que j'ai omis de vous dire, c'est que les Schwimmer ne se dirigeaient pas vers l'est, comme ils l'ont affirmé aux gendarmes, mais du côté opposé, vers les ruines… Bref, je vois monsieur Schwimmer prendre une sorte de coup de sang et marcher droit sur Ilse ! Il se plante devant elle, lui arrache les écouteurs des oreilles et les balance dans la nature ! Elle se met à hurler, à trépigner, elle l'agonit d'injures. Alors il lui en colle une. Pas une gifle, non. Une châtaigne, une vraie. De l'espèce qu'on réserve aux bagarres de rue ou de stade. À éviter sur les jeunes filles. Même gothiques. Surtout qu'il y a mis tout son cœur, le père Schwimmer ! Et tout son poids. Cent dix kilos, au jugé. Ilse, elle est partie direct au tapis. La mère se précipite, suivie de la sœur. Elles se penchent sur elle. Elles lui parlent, elles lui tapotent la main, les joues. Ça dure, ça se prolonge. Et puis je vois la sœur qui se met à pleurer et la mère qui devient aussi blanche que les cailloux alentour. Monsieur Schwimmer jette des regards inquiets autour de lui. Peut-être cherche-t-il de l'aide ? Il a l'air paniqué. Mais il n'y a personne. Absolument personne. À part moi, planqué derrière une souche. La décision, il a dû la prendre à ce moment-là. Le père et la mère ont tenu un bref conciliabule. Ensuite ils ont informé leur fille survivante de leur décision. Elle n'avait pas l'air d'accord. Son père a planté ses yeux dans les siens et lui a parlé longuement. Je l'ai vue mollir, céder, se résigner une fois encore. Madame Schwimmer est allée récupérer les écouteurs qui n'étaient pas tombés bien loin, et son mari a chargé le corps de l'aînée sur son épaule. De loin, on aurait pu le prendre pour un marchand de tapis, si les marchands vendaient des tapis noirs… Ils se sont dirigés à la queue leu leu vers les ruines. Triste procession. La cadette fermait la marche, hébétée. Sur le coup, je n'ai pas compris pourquoi ils ne rentraient pas au village. C'est quand j'ai vu monsieur Schwimmer balancer le corps au fond du trou que j'ai compris. Malin !

– Monstrueux, tu veux dire ! Sa propre fille !

– Pourquoi endosser un meurtre, même accidentel, si on peut faire autrement ? Monsieur Schwimmer a préservé sa respectabilité. La suite, vous la connaissez : la prétendue disparition, les recherches. Le numéro du gros homme quand il a feint de découvrir le cadavre d'Ilse : du grand art ! À se demander s'il en était à son premier crime, le salaud !

– C'est pour la petite qu'il a du souci à se faire ! a commenté Filochard. L'affreux secret qu'elle est condamnée à porter ! Pour le reste de ses jours ! Vous vous rendez compte ?!

On est restés longtemps silencieux, à méditer sur l'insoutenable duplicité des humains. Après quoi on a pissé chacun notre tour contre un muret de pierres sèches et on est partis vaquer à nos affaires de chiens.

Le clou

En hommage à Stephen King et Pierre Pelot

Des étés, j'en ai connu treize. Je ne me souviens pas des quatre ou cinq premiers, évidemment, mais ça ne devait pas être tellement différent de maintenant. Un peu moins caniculaire, peut-être ? Et encore, pas sûr. Dans notre vallée, on n'a pas attendu le réchauffement climatique pour crever de chaud.

Pour beaucoup de garçons de mon âge, été rime avec plage et camping. Pas pour moi, ni pour mes potes. On habite une région sinistrée comme ils disent. Depuis que les usines ont cessé de tourner, c'est vrai que c'est plutôt sinistre. Quelques familles sont parties, pas beaucoup. Les autres sont restées autour des fabriques désertées, vidées de leurs machines. Comme des mouches autour d'un cadavre.

Mon père et ses copains passent leur temps au bistro de la place à se désoler que rien ne soit plus comme avant. Apparemment, ça leur donne soif ; ou alors c'est la chaleur. Ma mère, elle, n'a pas le temps de se désoler. Elle se démène comme elle peut pour qu'on mange convenablement et qu'on n'ait pas trop l'air de clodos.

Les grandes vacances, chez nous, c'est juste un problème de plus pour maman : elle a les trois petits dans les pattes toute la journée. Moi, je passe mon temps avec Anthony, Quentin et Saïd. Mes trois meilleurs potes. Le matin, je me casse aussitôt après le petit déj' pour les retrouver derrière l'église. C'est assez vaste et assez plat pour jouer au foot. Tant qu'il fait pas trop chaud, on tape dans le ballon. Après, on s'installe à l'ombre des vieux murs pour bavarder et pour fumer, quand il y en a un qui réussit à mettre la main sur une clope. Saïd et moi, on rentre déjeuner à la maison. Quentin, lui, a toujours dans ses poches un quignon de pain, des biscuits ou une pomme qu'il grignote sur place. Quand il est en fonds, il s'achète une part de pizza à la boulangerie. Quentin vit seul avec son père, un type mal rasé et mal embouché qui a toujours des problèmes avec les gendarmes. Il tient une brocante sur la route de Boulay.

L'après-midi, on se donne rendez-vous au pont de l'Enfer. De là, on part se balader le long de la rivière. En aval ou en amont, selon notre humeur. Certains jours, les plus brûlants, on se contente de patauger sur une centaine de mètres pour aller se tremper les pieds dans une anse sablonneuse où l'eau est d'une agréable fraîcheur. Si elle montait plus haut que la cheville, ça ferait une piscine géniale… D'autres fois, on explore les berges, à moitiés courbés sous les feuillages, comme des Indiens sur le sentier de la guerre. Le long de la rivière, c'est quasiment la brocante au père de Quentin ! On trouve de tout : vieux pneus, matelas éventrés, pièces de machines rouillées, briques et parpaings usés, polis comme des galets. À l'aplomb du cimetière on est tombés un jour sur des ornements funéraires, des fleurs et des croix constituées de perles de verre minuscules enfilées sur un fil de laiton. Persuadé d'avoir mis la main sur un trésor, Quentin les a fièrement rapportés à son père qui s'est foutu de lui.

Il arrive qu'on débusque une bête : un ragondin au pelage graisseux ou un matou revenu à l'état sauvage. Saïd, qui est habile de ses mains, nous a fabriqué des frondes à chacun, mais il est le seul à être capable de s'en servir sur cible mouvante. Il a toujours les poches remplies de munitions, au cas où.

– Mes ancêtres étaient chasseurs, c'est pour ça ! explique-t-il.

– Ils chassaient quoi, tes ancêtres ?

– Le lion.

– C'est quoi, ces conneries ?! T'es arabe, pas africain !

– Des lions, il y en a aussi au Maroc.

– Mon cul, a dit Anthony.

Saïd, faut pas le chauffer avec son pays natal. Ils se sont battus. Le lendemain, Quentin a annoncé qu'il avait vérifié dans l'encyclopédie : Saïd a raison, il y a bien eu des lions dans l'Atlas. Et même des panthères, il y a très longtemps.

La rivière, c'est un peu comme l'Atlas qui a perdu ses lions : mon père dit qu'autrefois on y trouvait des tas de poissons et des écrevisses. Aujourd'hui, c'est fini. Dommage. J'aurais bien aimé qu'il m'emmène avec lui à la pêche.

À la sortie du bourg commencent les fabriques. L'une derrière l'autre. Brique rougeâtre et carreaux pétés. Ces immenses bâtiments vides et sonores, ça fout un peu les jetons, je sais pas pourquoi. Bien entendu, on nous a défendu d'en approcher et de nombreux panneaux sont là pour nous le rappeler : *Propriété privée*, *Danger de mort ! Défense absolue d'entrer ! Les contrevenants seront poursuivis !* Celui-là nous fait vraiment marrer. On imagine les gendarmes en train de patauger dans la rivière, à notre poursuite.

Le jeu consiste d'abord à s'introduire dans l'usine, ce qui n'est pas trop difficile vu que tout est rouillé, cassé, à l'abandon. On peut fracturer un cadenas à coups de pierre, personne viendra voir ce qu'on bricole. Ensuite, il faut s'avancer le plus loin possible à l'intérieur. C'est sale, ça sent mauvais. Sous les semelles des baskets, le verre pulvérisé produit un son désagréable amplifié par la tôle ondulée du toit. Des courroies de transmission sectionnées pendent de la charpente comme des lianes.

Parfois, on patauge dans des flaques d'un liquide épais, aux reflets irisés. C'est glauque.

On joue aux ninjas, à la guerre des étoiles. Saïd fait des cartons sur les derniers morceaux de vitres encore intacts et Quentin invente des histoires de tueurs en série qui capturent des jeunes de notre âge, les séquestrent et les torturent longuement avant de les découper à la scie sauteuse. Saïd déteste ça ! Il cherche à le faire taire. Quentin rajoute alors à plaisir des détails abominables ! On rigole bien. Ma mère moins quand elle découvre mes vêtements couverts de poussière et mes baskets irrémédiablement tachées.

– Mais où tu es encore allé te fourrer !

Je réponds d'un geste vague, elle est trop fatiguée pour insister. Elle dit à mon père :

– Pourquoi tu l'emmènerais pas faire un tour, demain ?

– Il préfère aller avec ses copains.

– Et toi au bistro avec les tiens ! bougonne ma mère.

Elle allume la télé. Ça leur évite de se disputer.

C'est Anthony qui a proposé l'idée d'un pique-nique. Quentin a suggéré que si on disposait de toute la journée, on pourrait pousser nos explorations plus loin que d'habitude. Sur cette partie du programme, on est évidemment restés très discrets. Nos parents nous ont donné leur permission, assortie des habituels conseils de prudence. La maman de Saïd nous a confectionné une pleine gamelle de samossas. On a pensé à emporter de l'eau dans des gourdes et dans de vieilles bouteilles en plastique qu'on s'est nouées avec des ficelles autour de la taille. On n'a pas regretté. Il faisait une chaleur à crever ; l'eau de la rivière sentait mauvais.

– Va y avoir de l'orage ! a déclaré Anthony.

– On parie ?

Quentin a parié un euro avec lui que ça ne péterait pas avant la fin de la journée. Saïd et moi, on s'est abstenus. La météo, c'est pas notre truc et on n'a pas un euro à foutre en l'air. On a voté pour aval ou amont. Amont est passé, trois voix contre une.

On a marché au milieu de la rivière, dans le filet d'eau que la sécheresse avait épargné. On parlait fort, on rigolait, on se poussait. Saïd a raté d'un poil un matou énorme qui avait déjà un œil crevé. On lui a couru derrière mais les buissons de la berge étaient trop touffus, il nous a échappé. Quentin a dit soudain :

– Imaginez, les mecs, qu'on tombe sur un cadavre !

– Pourquoi on tomberait sur un cadavre ?

– Ça arrive. Des jeunes qui découvrent une fille violée et assassinée dans les bois, ou dans un terrain vague.

– Tu fais chier avec tes histoires ! a dit Saïd.

– Ici, c'est idéal pour se débarrasser d'un corps ! a poursuivi Quentin. À part nous, il vient jamais personne.

– Ta gueule !

– La fille, elle serait toute nue ! Avec du sang partout…

La vision de cette fille nue dans la rivière nous a troublés un bon moment. On marchait en silence, la gorge sèche. On a fini par s'arrêter pour se désaltérer. Saïd jetait des regards noirs à Quentin, prêt à lui foncer dans le lard s'il s'avisait de parler encore de la fille nue assassinée.

– Quelqu'un en veut une ? a demandé Anthony.

Il brandissait un paquet de clopes, un paquet à peine entamé qu'il avait chouré à son beau-père. On en a grillé une chacun, jusqu'au filtre. La tête nous tournait un peu quand on s'est remis en marche. Plus loin, on s'est arrêtés à l'ombre d'un bouquet de saules pour bouffer nos provisions. Quentin a dit que les samossas de la mère de Saïd étaient ce qu'il avait mangé de meilleur dans sa vie. Il a même léché le papier alu où un peu de jus avait coulé. Ça lui a fait vraiment plaisir, à Saïd ; il a abandonné son expression farouche.

La rivière formait un coude, puis les berges se resserraient, l'eau courait un peu plus vite sur un lit de brique pilée. Jamais on ne s'était aventurés aussi loin. On s'est arrêtés pour examiner une carcasse rouillée, hérissée de pointes, sans parvenir à déterminer de quel genre de machine il pouvait s'agir. Quentin penchait évidemment pour un instrument de torture.

Un peu plus haut, un pont enjambait la rivière. Plutôt une passerelle, accolée à un tuyau d'un diamètre considérable.

Elle reliait les deux moitiés d'une usine, aussi étroite et haute qu'un silo à grains. On a tiré quelques projectiles sur la grosse canalisation. La fonte sonnait comme un gong sous les impacts. Ensuite, on a escaladé les berges avant de prendre pied sur le tablier, au terme d'un rétablissement assez périlleux. Des deux côtés, des portes métalliques interdisaient l'accès aux bâtiments. Quentin s'est approché de celle de droite avec son couteau suisse. Une pancarte jaune, triangulaire, annonçait *Danger!* en dessous d'un dessin qui figurait une sorte d'hélice éclatée.

– Ça représente quoi, ce truc ? s'est interrogé Anthony.

– Je sais pas, on s'en fout ! C'était dangereux quand ça fonctionnait. Plus maintenant, a fait observer Quentin.

Le pêne ne devait pas tenir à grand-chose, la serrure a cédé très vite et la porte a pivoté sur ses gonds avec un grincement lugubre.

– Putain !

On hésitait à entrer. Cette usine avait l'air encore plus désolée que toutes celles qu'on avait pu visiter.

– Vous entendez le silence ? a demandé Saïd, faisant écho à mes pensées.

– Le silence on peut pas l'entendre, connard ! Sinon c'est plus du silence !

Moi, pourtant, je voyais très bien ce que Saïd avait voulu dire. Pas un chant d'oiseau, pas un bruit d'insecte.

Même l'eau de la rivière cessait de murmurer quand elle passait dans ce canyon de béton.

– Alors les mecs, on se dégonfle ? a lancé Quentin.

Comment dire oui ? Avouer qu'on pète de trouille et qu'on aimerait mieux être derrière l'église, à dribbler tranquillement, comme chaque matin.

– On s'en grille une avant ? a proposé Anthony.

C'était juste un moyen de retarder l'échéance. Si les cigarettes donnaient du courage, ça se saurait. Quentin a tiré une dernière bouffée et jeté le mégot brasillant dans la rivière.

– Pollueur ! a lancé Saïd.

Quentin s'est marré et il est entré. C'était haut, sombre, et nu comme la main ; l'espèce de mâchefer qui tapissait le sol crissait sous nos pieds. J'ai pensé que les archéologues qui s'étaient aventurés les premiers dans les tombeaux égyptiens avaient dû ressentir la même chose que nous. Un mélange d'angoisse et d'excitation.

– Bande d'enculés ! a soudain crié Anthony.

L'écho nous a renvoyé des « culés » pendant un bon moment. On a braillé d'autres grossièretés, poussé des cris d'animaux. Au fond de ce hall immense se trouvait une casemate en ciment dont la porte béait.

– On aurait dû apporter une lampe torche ! a commenté Quentin.

Il n'avait pas plus envie que nous d'entrer là-dedans sans lumière. C'était probablement aussi vide que le reste, ça devait grouiller d'araignées, de bestioles innommables.

– Hé ! Visez un peu le mastard ! a lancé Saïd.

Il parlait d'un gros clou qui brillait dans la pénombre, à l'entrée de la casemate. Il s'est avancé d'un pas pour s'en emparer et Quentin en a profité pour fermer brusquement la porte derrière lui. Saïd gueulait :

– Ouvre ! Fais pas le con !

Quentin, hilare, pesait de tout son poids sur le battant.

– Ouvre, putain ! a encore crié Saïd. T'es pas marrant !

Anthony trouvait ça plutôt marrant, au contraire. Il a aidé Quentin à maintenir la porte quand Saïd, de l'intérieur, s'est mis à flanquer des coups de pied dedans. Saïd a cogné et hurlé comme un dingue puis sa voix s'est brisée. Quentin et Anthony gloussaient ; j'étais mal à l'aise, je trouvais la réaction de notre copain disproportionnée.

C'est alors qu'on l'a entendu pleurer. On aurait dit un tout petit môme.

– C'est super bien imité ! a commenté Anthony.

Elle durait un peu, l'imitation, on a commencé à échanger des regards gênés.

– Ça va. Arrête tes conneries ! a dit Quentin.

Il a ouvert la porte. On s'attendait plus ou moins à voir Saïd jaillir de la casemate en riant : « Je vous ai bien eus, les mecs ! » Au lieu de quoi il est sorti lentement, les épaules secouées de sanglots. La morve lui dégoulinait le long du menton, une tache d'urine mouillait son short. On n'osait plus échanger un regard.

– On croyait que tu faisais le con !

– On s'excuse !

– Vos gueules !

On l'a retrouvé sur la passerelle. Ses larmes avaient séché, il s'était plus ou moins nettoyé avec son t-shirt. Anthony lui a maladroitement offert une cigarette qu'il a refusée. Il était temps de rentrer, on s'est remis en marche. L'air était étouffant, le ciel d'un gris malsain, mais l'orage n'a pas éclaté. Quentin a gagné son euro.

On avançait vite, sans se parler, en évitant de se regarder. Un rat musqué a traversé la rivière sous notre nez. Saïd n'a même pas dégainé sa fronde. Dommage. À cette distance, il ne l'aurait pas raté.

On s'est séparés au pont de l'Enfer. La nuit était presque tombée, les hirondelles se poursuivaient en piaillant dans un ciel mauve. Anthony a filé le premier. Peur de se prendre une avoinée parce qu'il était tard. Quentin est remonté chez son père sans se presser. Les avoinées, chez lui, c'est pareil que l'orage, on ne peut jamais savoir si ça va péter ou non.

Saïd habite à deux rues de chez moi. Arrivé devant sa porte, il a dit :

– J'ai peur dans le noir ! Putain ! J'y peux rien !

– Y a pas de problème, mec.

On s'est souri. Il a plongé la main dans la poche droite de son short et en a sorti le gros clou brillant.

– Pas mal, non ?

Je ne voyais pas ce qu'il trouvait de tellement extraordinaire à ce morceau de métal. Mais c'est son truc, à Saïd : il ramasse tout, il collectionne tout. J'ai dit « Super ! » pour lui faire plaisir et j'ai couru jusqu'à la maison.

Au début de l'automne, les gendarmes sont venus chez Quentin. Cette fois, c'était pour lui, pas pour son père. Ils lui ont demandé ce qu'on avait fait le jour du pique-nique. Où on était allés. Quentin a commencé à fanfaronner, ils l'ont vite mis au pas.

– Ton pote Saïd est à l'hôpital ! ils lui ont dit. On va probablement l'amputer de la jambe droite.

– Et il y a peu de chances qu'il ait des enfants un jour, si tu vois ce que je veux dire, a fait le capitaine en mimant une paire de ciseaux avec l'index et le majeur.

Toujours délicats, les gendarmes. Quentin voyait pas clairement le rapport avec notre escapade. Néanmoins, il a tout déballé, dans les détails. Anthony et moi aussi, lorsqu'on a été interrogés.

On a pigé après. Le fameux clou que Saïd avait ramassé – et qu'il a gardé dans sa poche pendant plus d'une semaine – était irradié. Vers la fin de l'été, Saïd s'est mis à avoir mal à la jambe et aux testicules. Les couilles, c'est gênant, il a pas osé en parler tout de suite. Quand les ganglions de l'aine ont commencé à enfler, ses parents se sont inquiétés et l'ont emmené chez le médecin. Trop tard pour éviter l'amputation.

Anthony, Quentin et moi, on a été irradiés aussi. Très légèrement. On ne risque pas grand-chose, il paraît. Du moins pas dans l'immédiat.

La société propriétaire de l'usine a décliné toute responsabilité. Nous y avons pénétré par effraction, au mépris de la pancarte avertissant d'un risque radioactif.

Malgré l'amputation, ou peut-être à cause d'elle, Saïd est mort quelques jours avant Noël. Quand je pense à lui, j'ai le cœur serré : il avait tellement peur, dans le noir…

Du même auteur aux éditions Thierry Magnier

Samien, la conquête de la planète froide, coll. Grand roman, 2012.
Samien, le voyage vers l'Outremonde, coll. Grand roman, 2011.
Le bâtard de l'espace, coll. Nouvelles, 2009.

Cet ouvrage a été achevé d'imprimer

par miracle

pour le compte des éditions Thierry Magnier

par l'Imprimerie Floch à Mayenne en septembre 2012 (4e édition)

Dépôt légal : janvier 2008

N° d'impression : 83259

Imprimé en France